# 高名凯译文集 6

## 毕爱丽黛

《独身者》三部曲之二

（法）巴尔扎克 著

海峡出版发行集团 THE STRAITS PUBLISHING & DISTRIBUTING GROUP | 海峡文艺出版社 Haixia Literature & Art Publishing House

# 献　给

## 韩斯迦·得·安娜小姐

亲爱的孩子，您是全家的快乐的源泉，您那白色或红色的围巾飘荡在夏天的维埃楚尼亚的山中，好像您的父母的钟情的眼睛所注视的磷火一样，我怎么会把这满充哀怨的故事献给您呢？我不是得告诉您一些像您这样被人敬爱的少女所永远不能认识的不幸吗？因为您的美丽的纤手总有一日可以抚慰他们。在我们的风俗史中，安娜，给您找一个值得让您过目的故事是太不容易了，我没有法子选择；但是，当您念读我给您送去的这部书的时候，也许您会觉得您是如何的幸运。原来送给您书的正是

您的老朋友

得·巴尔扎克

一八二七年十月的一个清晨，一位年纪差不多十六岁、穿着可以让近代语称为无产阶级的服装的青年停留在低普鲁凡的一个小广场上。这时刻，他可以端详着坐落在这块长方形广场上的不同的房屋，而不至于被人发觉。普鲁凡各河流旁岸的磨坊已经开始工作了。陆续不断的高城的回音协和着新鲜的空气和艳丽的晨曦，可以表露出让人听到一里外大路上的邮车铁屑声的岑寂的深度。一丛菩提树所分隔的两排房屋呈现着那些象征中产阶级所有的和平安定的生活的素朴的建筑。这地方没有任何的商业的痕迹。人家好不容易才可以看到富人的华丽的车门！如果有这些车门的话，他们也很少是依着门枢的铰链转动的，除非不能不为业务上的关系而设备的马尔登纳医生的两轮轻车的车门以外。有的房屋的正面是由葡萄藤来装饰的，有的则是一直攀爬到第二层在十字窗上用稀有的厚丛来散布香气的高茎蔷薇。这广场的一端几乎是接着低城的大街。另外的一端是跟一条和这大街平行的街道为界的，他的花园一直伸展到灌溉普鲁凡的溪谷的两岸。

这一端是广场最平静的地方，年青的工人就在这里认识了人家所告诉他的那间房子：正面是白石砌成的，凹形的线条划分出阶层，那里有装饰漆成黄色的玫瑰花形的小铁阳台的窗户，是由灰色百叶窗关闭的。在这地面层和第二层楼所构成的正面楼上面，三个屋顶楼的天窗射出一个青石砖的屋盖，一个新的验风机在一个屋髟的尖端上转动着。这个近代的验风机是按照一个射击野兔的猎夫的形状制造的。人家是由三个石阶走上一个边门的。门的一边，一只锡管的尾端在一个小水沟的上面喷吐着家用的水，这说明这地方就是厨房。门的另外一边，在灰色遮窗板所关闭的两个窗户的中心切有一个孔洞，可以透进一些阳光，这似乎可以说明这一间房子就是饭厅。和三个石阶等齐的高台，在每一个窗户的下面都可以看出通风眼，是由漆过的铁皮所造的小门关上的，由类似切开的窟窿钻凿的。整个是新的。在这所翻盖而尚显得新颖奢侈的房子和其他一切老房子的外观的对照之中，一位观察家就可以马上猜想出退休的小商人的庸俗的思想和他的得意的完满。年青人就用悲喜交集的情绪来观看这些细节：他的眼睛用一个表露决心的动作从厨房看到屋顶楼。玫瑰色的晨曦在一间仓库的窗上显示出一张别的天窗所没有的棉布窗帘。那时候年青人的姿势就变成完全快乐的，他退了几步，靠在一棵菩提树上，口中唱起歌来。歌调是西方的人民所特别练习的，是给我们制下许多美妙的乐调的布鲁吉尔所印行的布列颠的浪漫诗。在布列颠，乡村的年青人都对新婚夫妇在结婚那一天唱这一首歌：

我们来祷祝您的新婚幸福，
庆祝您的新官人，
同时兼着庆祝您。

人家来给您，我们的新娘子，
用条不解的金链，
把您的一生悬联。

您不能再跳舞，再跟大伙儿玩；

您得在家看房子，
我们却随便的去。

您懂得您必须对您的丈夫，
永远的表示忠实，
一味的对他爱惜。

请接纳我所献给您的花束。
嗳哟！您的空快乐
将要与花同谢落。

这民族的音乐是和沙都勃里昂为《妹妹他还想到你吗》而编制的乐调一样的柔美，在香槟省的小城勃丽中间唱了起来，在一位布列颠女人看来，应当是一个值得高傲的回忆，因为他很忠实的描绘这个古老而高贵的国度的风俗、淳朴和景物。在那里统治着我也说不出来的一种由于看到感人极深的实在的生活所生的悲哀。这种用亲热而快乐的节奏来唤醒严肃温和而悲愁的景象，如果我们认为“迷信”是指民众的毁灭所残留的和革命的遗存的一切的话，这难道不就是民间的流行曲、音乐的迷信吗？唱了第一节变调之后，不断察视屋顶楼的窗帘的工人却在那里看不到任何的动静。当他唱第二节的时候，棉布窗帘就动荡了。当他唱过“请接纳我所献给您的花束”这一句之后，一位少女的脸孔就出现了。一只白皙的纤手谨慎的打开了十字窗，少女用点头来给这位旅客致敬行礼，这时候他正结束了用下面两句简单的诗章所表达出来的幽怨的思想：

嗳哟！您的空快乐

“是您吗，布里古?”毕爱丽黛说。

将要与花同谢落。

工人突然从衣兜里拿出了一朵全布列颠闻名的金黄色的花，无疑的这是从不常见这花的勃丽的田野间采到的金雀花。

“是您吗，布里古？”少女低声的说。

“是的，毕爱丽黛，是的。我在巴黎，我正在举行一个法兰西全国的旅行；但是我能够住在这里，因为您在这儿。”

正在这个时刻，启闭窗门的铁梗忽然在第二层楼毕爱丽黛房子的下面的房子里发响。这位布列颠女人就表现出最剧烈的恐惧而对布里古说：

“您走吧！”

工人好像一只受惊的青蛙似的躲到有一只磨坊使这条街转入低城的干路大街的拐弯里；但是，无论如何的敏捷，他那加铁的鞋子却在普鲁凡的小铺石路上回响着，产生了一道容易从磨坊的音乐中分别出来、能够被开窗的人听见的声音。

开窗的是一个女人。任何人都不会从早晨的甜梦中醒来倾听一位穿短衣的诗人的歌唱；只有一位少女听到情歌才会醒来的。当她用蝙蝠一般的姿势开展了她的百叶窗的时候，她就各方向的探视，她只轻微的听到布里古逃走的空泛的步音。还有东西可以比看见一位丑陋的老处女早晨在窗口出现来得更可怕吗？在一切旅行人于穿行小城市时所能得到快乐的奇异的景象之中，这不是最杀风景的吗？这是太悲惨的、太可恶的，使人家啼笑皆非。这位有如此灵敏耳朵的老处女没有任何的技巧来装饰：她没有假发，也没有小颈圈。她戴了女人们用来包护后脑的这样可怕的小黑纱袋，这黑纱袋盖住了因为睡眠的动作而掀起的睡帽。这种混乱的情形使这只脑袋显得吓人的，是画家们等着要给女巫画上的。鬓角、耳朵和颈窝都是不太隐存的，可以使人看出他们的干枯的格调；他们的涩硬的皱纹互相用难于入眼的红色呼应着，卷曲的线索所打结在颈项之上的短袖衣的半白的颜色使其显得更为清晰。这件短袖衣的半开的样子，显露出一只可以和不顾丑陋的乡下女人相比拟的胸脯。消瘦的手臂好像是可以安放布块的木棍。从她的十字窗上看去，这位小姐好像是伟大的，因为她有力气，她的脸孔是宽阔的，颇似某些瑞士女人的奇异的丰厚。她那整个缺乏曲线的身姿的特性是线条干燥、色调酸涩，可以使相士生厌的不生感觉。这些看得见的表情，平常是由一种商业的微笑、中产阶级的愚蠢来改善的，这种中产阶级的愚蠢装得这样的仁慈，甚至于使那些和这位小姐生活在一起的人们都很容易把她看做一个好人。这房子是她和她的兄弟共有的。兄弟非常安静的睡在卧室里，音乐厅的奏乐都不能吵醒他，然而这音乐的音阶实在是非常著名的！这位老小姐把头探出窗外，举起灰蓝而冰冷的小眼睛，望着屋顶楼，眼睫短缩而插在差不多老是肿胀的眼皮之上；她想法子看毕爱丽黛；但是，知道这举动的失效之后，她又退回房里来，她的动作好像是伸出甲壳而又缩回的龟头的转动一般。百叶窗又关上了，广场的岑寂又只能被来临的乡下人和干早活的人所搅扰。家里有一位老小姐的时候，守卫的狗是没有用处的：没有任何的事情不会被她看见，被她解说，被她引出一切的可能的结论。所以，这种情况可以使人设想许多严重的假定，可以打开家庭之中的隐蔽的戏剧，为着严守秘密起见，这些戏剧并不是不可怕的，如果您允许我在这家庭的内幕应用戏剧这个字眼的话。

毕爱丽黛不再睡了。在她方面，布里古的光临是一桩大事。夜晚是不幸的人的伊甸乐园，她在夜里避免了烦躁，解除了白天所得担负的忧念。好像是我也不知道哪一曲德意志小歌或是俄罗斯小调之中的英雄一样，睡眠似乎是她的快乐的生活，白天似乎是她的噩梦。三年了，她才第一次开始有一个惬意的醒觉。童年的回忆悲哀的在她的灵魂之中歌唱着他们的诗章。第一阕小调她是在梦中听到的，第二阕小调使她从梦中突然醒来，第三阕小调让她怀疑了：不幸的人都是圣杜马士的信徒。听了第四阕小调，她就赤着脚穿着衬衫走到她的十字窗口，她认出是她的童年友伴布里古。啊！这明明是这件带有突然切断的衣裾的短衣，口袋一直在腰部下面摇荡，布列颠的古典的蓝呢布的短衣，粗卢昂布的背心，由背心而闭紧的衬衫，卷着的大领，发环，粗鞋，因为线条的长度而褪色的未经漂洗过的蓝布裤，还有一切构成一位穷苦布列颠人的风尚的好坏的物品。背心上和短衣上的白角扣使毕爱丽黛的心跳动。看见了金雀花的花束，她的眼睛不觉潮湿而流泪了，然后，一个恐惧的情绪就在她的灵魂中压制着一时凋谢了的回忆的花朵。她想她的表姐一定听见她起床，听见她走到十字窗口，她猜想这位老小姐，而给布里古做了恐怖的记号，这位年青的布列颠人也一点儿没有懂得的忙着听从她。这本能的服从不是可以描写这地上一世纪一世纪的都有这么一个天真而绝对的情感，在这地上每一百年都两三次的焕发着这种感情就好像是沉香给美丽的伊索拉所开的花朵吗？看见布里古逃走的人一定会崇拜最天真的感情的最天真的英雄主义。布里古·约克是配得上刚刚完结十四岁年龄的洛兰·毕爱丽黛：这两位孩子！毕爱丽黛看见他举起脚步，他的姿势所给她传达的恐惧，不禁流下泪来。她就回来坐在一张破旧的靠椅上。这靠椅是在一张下面有一面镜子的小幅图画的对面。她曲肱而依，双手抱着脑袋，沉思了一个钟头，回忆到马勒、朋脑埃尔镇、在湖上坐着小约克给她用柳枝编成的小船所举行的危险的旅行、祖父和祖母的老脸孔、母亲的苦楚的头部和布里古少校的美丽的身姿，总之，一个无忧无虑的童年！这还是一个梦：在灰色的基础上所有的光焕的快乐。她的美发被睡眠时所揉绉的小帽弄得蓬蓬乱乱的，这顶帽子是她自己用光滑的棉布和折带制造的。在鬓角的两边，每边都有从灰色卷发纸里露出来的发环。脑袋的后面挂着一条散开的粗辫子。脸色的奇异的洁白表现出医学上所甘美称呼的萎黄病的一种可怕的处女的疾病，这种病可以灭除身体的自然的颜色，扰搅食欲而宣告身体器官的极度的混乱。这生蜡的色调存在于整个的肤色之中。枯草一般颜色的颈项和肩膀可以解释投向在前而叉着的手臂的衰弱。毕爱丽黛的脚似乎是因为疾病而消瘦的。她的衬衫只垂到膝部为止，可以让人看见疲惫的肌肉、蓝色的血管、贫弱的肤色。打击她的寒气使她的嘴唇变成美丽的紫罗兰一般的颜色。掀住她那相当雅致的小嘴的悲惨的微笑可以使她露出一排和精细的象牙一般的牙齿，这是些透明的牙齿，刚刚好配上她那细致的耳朵、略带尖形而漂亮的鼻子、圆圆而纤嫩的脸孔。这动人的脸孔的整个的生气就是存在于她的眼睛之中，虹膜是西班牙烟草的颜色而带有黑斑的，在深沉而活泼的瞳孔周围发出黄金一般的光线。毕爱丽黛应当是曾经快乐过的，然而她却是悲哀的。她那失掉的快乐还遗留在眼睛轮廓的活泼的神色、额头的天真的温雅和短缩的领部的中肉上。她的眼睫就好像是画笔一般的用苦痛画在她那改变了的面颊上。过乎宽大的眼白又使身姿的纹路和细节变得非常的洁净。耳朵是雕刻的小杰作：您也许要说是云母石的。毕爱丽黛的苦痛是多方面的。也许您要知道她的历史，下面就是她的经历。

毕爱丽黛的母亲是普鲁凡地方奥夫莱家的一位小姐，她是这所房子的现在所有人的母亲罗格郎夫人的异母姐妹。

奥夫莱先生第一次于十八岁的时候结婚，六十九岁的时候，他又订了第二次的婚约，第一张鸳鸯床给他生出了唯一的一个相当丑的女儿，十六岁嫁给普鲁凡一位姓罗格郎的旅馆主人为妻。

第二张的鸳鸯床也给这位好好先生奥夫莱生出了一位女儿，然而却是美丽动人的。所以，在这相当奇异的情形之下，奥夫莱先生的两位女儿的年纪就未免相去太远了：后妻的女儿出生的时候，前妻的女儿却已经五十岁了。当这位老父亲给她生出一个妹妹的时候，罗格郎夫人已经有两位成年的孩子了。

风流老头儿的女儿在十八岁的时候，就如愿嫁给一位姓为洛兰的军官、皇家禁卫军的上尉。恋爱常常使人有野心。希望迅速升为中校的上尉加入了队伍。当大队队长和他的妻子相当满意的收到奥夫莱夫妇所给他们的津贴费，随着和战局面的演变而轮流的住在巴黎和德意志的时候，普鲁凡的老杂货商于八十八岁的高龄死去，没有时间让他准备任何关于遗嘱的事情。好好先生的承继是由旅馆主人和他的妻子这样巧妙的进行着，他们甚至于吸收了最大的部分，只给奥夫莱好好先生的寡妇留下死者的房屋和几亩土地。这位寡妇就是小洛兰夫人的母亲，当她丈夫死的时候只有三十八岁的年纪。正如大多数的寡妇一样，她有恶劣的重醮的念头。她把依据婚约所得到的土地和房产卖给她的丈夫前妻的女儿老罗格郎夫人，希望能够嫁给一位姓纳路的医生，这医生就是吞没她的财富的人。两年之后，她就因为悲伤穷困而死去了。

所以洛兰夫人所能得到的奥夫莱的承继大部分都损失去，只剩下差不多八千佛郎的数目。洛兰少校在孟特罗战场上殉难，给年纪二十一岁的寡妇留下担负一个十四个月的小女儿的生活的责任，没有任何的财产，除了她有权领取的抚恤金和坐落在马勒地方王地的郊镇朋脑埃尔的小贩老洛兰先生夫妇的未来的遗产以外。这两位老洛兰夫妇是死去的军官的父母，也就是洛兰·毕爱丽黛的祖父母，他们售卖建筑上所必要的木料、青石砖、瓦、管干等等。也许是因为无能，也许是因为不幸，他们的生意并不顺利，好不容易才能够得维持生活。一八一四年的事变所产生的南特著名的高林纳公司的破产使殖民地粮食的价格忽然发生下跌的现象，也就这样的夺去了他们在这公司所投放的八万佛郎。所以他们的儿媳很受他们的欢迎。少校的寡妇带来八百佛郎抚恤津贴费，这在朋脑埃尔是一个极大的数目。她的姐夫和她的姐姐罗格郎夫妇在成千的隔离手续之后给她寄来的八千佛郎，她都把他交托给老洛兰夫妇而拿到他们在南特所有的那所租价一百厄古好不容易值得一万佛郎的小房子作为这笔款的抵押品。

年青洛兰夫人就在她的母亲悲惨再醮的三年之后，差不多和她同时于一八一九年死去。老奥夫莱和他的年青妻子的孩子是虚弱的、瘦小的、多病的：马勒的潮湿空气不宜于她的身体。她丈夫的家庭为着挽留她起见，就游说她说在全世界她再找不到任何比马勒更卫生、更合宜的地方，沙勒特曾在马勒有过许多的开发。她是这样的被人款待、被人照应、被人阿谀，这一个死亡甚至于是老洛兰夫妇的一个大荣誉。有一些人认为一位老王地人，一位曾在沙勒特、梅尔西尔、孟杜兰侯爵和格尼克男爵手下服务共和国战争的铁血的人物布里古，是这位年青洛兰夫人的忍从的大部分的原因。如果是真的话，这一定是一个溺爱而忠实的灵魂。朋脑埃尔全镇的人都看见少校（这是人家恭敬布里古而用他于天主教军队中所得到的军衔来称呼他的）在客厅里、皇家少校的寡妇的身边闲度着他的日子和他的夜会。最后，朋脑埃尔的本堂教士就对老洛兰夫人开过几次口：他请求她叫她的儿媳妇嫁给布里古，答应在克尔迦路埃子爵的保护之下任命少校为朋脑埃尔区的仲裁审判官。这位可怜的年青夫人的死亡使这提议变成无用的。毕爱丽黛居留在祖父母的家里，她的祖父母每年都得给她四百佛郎的利息，当然这利息也就是应用在她的生活费上。这两位不利于商业的老年人有一个活跃而智巧的竞争者，他们只是对他发出许多的咒语，只是没有想方法来自卫。他们的参谋兼朋友，这位少校，也在他的女朋友之后六个月死去了，也许是因为过于悲痛，也许是因为所受的伤，他中了二十七处伤。毒恶的邻人是一位善于经营的商人，他要毁坏敌人因而能够消灭一切的竞争。他让洛兰夫妇签字向他借钱，因为他预先看到他们不能够还清这笔借款而逼着他们在晚年的时期宣告倒账。毕爱丽黛的抵押品就被祖母的合法的抵押品压倒了，祖母坚持有权利给她的丈夫留下一块面包。南特的房产卖了九千五百佛郎，然而却用了一千五百佛郎的开销。剩下的八千佛郎就回到洛兰夫人的手里，洛兰夫人又把他用抵押的方法存放起来，希望能够在南特维持一种类似巴黎的圣娣白林的圣约克修道院生活，这两位老头儿有食品和食具，他们可以在这里想方法得到一个平凡的生活。因为没有能力留住毁坏了的孙女，老洛兰就想到她的姨夫和她的姨母罗格郎夫妇，他就给他们写信。那时候，普鲁凡的罗格郎夫妇已经死去了。洛兰夫妇给罗格朗夫妇写的信也似乎应当是丢掉了的。但是，如果在这人世上还有东西能够代替上帝的话，这难道不就是邮政吗？邮政的精神无可比拟的胜过并没有同样生产的政府的精神，在发明方面，更是超过最有本领的小说家的精神。当邮政占有一封可以使他收到三至十苏的邮费而没有立刻找到收件人的信时，他就发生了一个财政上的困难，只有在最大胆的债权人身上才可以遇到的。邮政在八十六省中来来往往的搜索着。困难激发起雇员的天才，这些雇员常常是文人，他们用经纬局的数学家的热烈来寻找不相识的人物：他们开发了整个的王国。在最微弱的希望之下，巴黎的邮局就开始动作了。您常常可以发傻的认识涂抹在信背和信腹上的拙劣的字画，这些使邮政转动的行政上的永远的证明。如果一个人要效法邮政的话，他可以在旅行、时间、金钱方面因为求得十二苏而损失了六百佛郎。邮政的确是比他所担负的精神更有精神的。洛兰夫妇写给已经逝世一年之久的罗格郎夫妇的信，就由邮政送达巴黎圣登尼斯街他们的儿子、杂货商人小罗格郎先生。邮政的精神就是在这里表现出来的。一位承继人多少总是发愁来知道到底是不是取了整个的承继，到底是不是忘记了一些账目或是破物。收税吏可以猜测一切，甚至于性格。一封写给死去了的普鲁凡的老罗格郎的信，应当可以引起巴黎的罗格郎少爷或是他的姐姐罗格郎小姐的好奇心。所以收税吏就有了他的六十生丁了。

老洛兰夫妇悲伤要离别孙女，他向两位罗格郎伸出恳求的手，这两位罗格郎应当是洛兰·毕爱丽黛的命运的裁判人。所以我们也不能够不解释他们的先人和他们的性格。

普鲁凡的旅馆主人，老奥夫莱把第一个妻子的女儿嫁给老罗格郎，这位老罗格郎是一位有赤红脸孔、多纹鼻子、由巴楚用红色的球形葡萄藤黏贴在颊上的人物。虽然是肥胖的、短矮的、大腹便便的、腿部庞大的、手掌粗厚的，但是他却生来有瑞士旅馆主人的精明，他也就像是一个瑞士旅馆主人一般。他的脸孔泛泛的代表一个受过雹害的广阔的葡萄园。当然他并不是美丽的，而他的妻子也一样的像他。这真是无独有偶的一对夫妇。罗格郎疼爱他的好妻子，他又喜欢让好看的少女伺候他。他是属于手段狠毒、放纵恶习，在以色列面前任意行动的那一派自私主义者。他是贪婪的、好利的、不大文雅的、被迫去供给他的幻想的，他吃他的收获一直吃到没有牙齿的日子为止。吝啬还是保留着。在他老年的时候，他卖了他的旅馆，正如上面所说的，他差不多堆积了他的岳父所有的一切的承继而退居在小广场的小房子里，这房子是用毕爱丽黛的外祖母老奥夫莱的寡妇的一块面包买来的。罗格郎和他的妻子占有差不多两千佛郎的息金，是由坐落普鲁凡周围的二十七块土地的地租和二万佛郎旅馆售价所得的利息来的。虽然奥夫莱好好先生的房子非常的破损，那里却原原样样的居住有这些旧住客，他们都好像是生了病一样的要留在这里：原来这些老鼠喜欢墙壁的孔隙和破毁的地方。喜欢园艺的老旅馆主人就利用他所节俭的金钱来扩张菜园，一直扩充到河岸。他把这菜园圈成一个长方形，装在两扇围墙之中，末端堆着碎石，那里没有人用的水，却给他的菜蔬产生无数的财源。刚结婚的时候，奥夫莱夫妇每隔两年生了一个女儿和一个男孩：他们的儿女都是衰颓而可怕的。寄养在乡下的便宜的保姆家里，这两位孩子就带着乡村的可怕的教育回到家里来，他们常常在吃完保姆的乳汁之后长时间的叫唤，因为他们的保姆到田间去耕作，把他们关在法兰西农民所居住的低黑潮湿的房子里。因为这种情形，这两位孩子的皮肤纹路就粗糙起来了，他们的声音就变化了；他们不大逢迎母亲的自尊心，母亲要用严厉的态度来纠正他们的恶劣的习惯，甚至于使父亲的严厉都不得不改变为温慈。人家让他们在院子里、在马厩中、在旅馆的附属部分乱跑，或是在城里驰奔。有的时候，人家就鞭笞他们；有的时候，人家就把他们送到不大喜欢他们的外祖父奥夫莱家里去。这种不公正是怂恿罗格郎夫妇去极力剥夺老家伙的承继的一个原因。然而罗格郎总算是把他的儿子送进学校，给买了一个人，他的一个车夫，免得他的儿子被征去当兵。他的女儿雪丽薇十三岁之后，他就带她到巴黎的一家商店里当学徒。两年之后，他又把他的儿子热龙姆—登尼斯送上同一的道路。当他的朋友们、他的同道车夫们或是他的熟人们问到他要如何打算他的儿女的时候，老罗格郎就很简略的解释他的制度。这种简略的说法，在大部分做父亲的人的制度上是有坦白的功绩的。

“当他们到达了解我的年龄的时候，我就给他们一脚踢出去，您知道踢到哪儿去吗？我要对他们说：‘找你自己的幸运去吧！’”他回答着，一面喝酒或是用手背拭干嘴唇。

然后他就用一种精细的神气，闪着眼睛，瞧着他的对话者说：

“呃！呃！他们并不比我傻。”他加上一句说。“我父亲给我踢过三次脚，我只要给他们踢一次；我父亲只在我手中放上一路易，我要给他们十个路易：所以，他们要比我幸福。这是最好的办法。

好吧，在我之后，要留的东西都要留着；法律公证人知道清楚给他们找这些东西。为儿女受累太不值得！……我给我的儿女生命，我养活他们，我并不要求他们任何的东西；他们不是两清了吗？呃，邻居先生？我开始是当车夫的，然而这并没有妨碍我娶这位老家伙奥夫莱的女儿。”

罗格郎·雪丽薇就被他送到圣登尼斯街那些生长在普鲁凡的商人的铺子里当学徒，给了一百厄古的膳宿费。两年之后，她就在店里当两免学徒了：如果她并没有领到任何的薪水的话，她的父母也并不需要再给她付给宿膳费。这就是圣登尼斯街人们所谓的两免学徒。再两年之后（在这两年之中，她的母亲曾给她寄一百佛郎给她零用），雪丽薇就有一百厄古的工资了。所以，十九岁之后，罗格郎·雪丽薇小姐就得到生活的独立了。二十岁的时候，她就当了圣登尼斯街中国绸缎公司商人儒里亚尔家的副女店员。姐姐的经历也就是弟弟的历史。小罗格郎·热龙姆进了圣登尼斯街一间最大的杂货店格宾家的三纺竿公司。如果雪丽薇二十一岁当了正女店员的话，有较好环境的热龙姆—登尼斯却于十八岁就在同乡格宾店里当了领取一千二百佛郎工资的伙计头。姐弟二人每星期日和节庆日都互相见面；他们就在这些日子里过着经济的行乐生活，他们到巴黎外郊去吃饭，他们到圣克罗、买尔顿、柏尔维尔、凡森去游玩。一八一五年年底，他们把血汗所得到的金钱凑合在一起，差不多有二万佛郎，从桂纳夫人处买到了著名的家姐公司的店基，这是一间最大的零售杂货铺。姐姐管柜台，算账，写商业通信。弟弟又当老板又当伙计头，正如雪丽薇相当时间之中也兼当女店员一样。五年的开发之后，一八二一年，杂货货商的竞争是这样剧烈的，姐弟二人好不容易才能够清偿他们的店基，保持这商店的老名誉。虽然罗格郎·雪丽薇那时候只有四十岁，她的丑陋、她的常定的工作、她那脸纹的布置和忧虑所给她产生的怒色，这一切的一切都使她变成和五十岁的女人似的。罗格郎·热龙姆—登尼斯年纪三十八岁，他的姿态是最糊涂的，是买主们从来没有看见过的。他那被疲劳所压碎所凹陷的额头划出了三道干枯的线痕。他那剃成秃短的灰色的细发表现出一种冷血动物的不可言状的傻态。他那蓝色眼的目光，既不放射火焰，也不喷发思想。他那扁平而圆形的脸孔不能激动任何的同情，甚至于不能够引起那些专门研究巴黎人的复杂变化的人的嘘笑：这脸孔使人发愁。总之，如果他是和他父亲一样的粗大而短矮的话，他那缺乏旅馆主人的残暴的肥满的形状却到处的表现出一种可笑的缺陷。他的父亲的过度的颜色在他身上却由柔弱的青灰色来代替了。这青灰色是那些生活在没有空气的店铺的后院，生活在所谓柜台的铁棚里，打捆或是打开线索，付钱或是收钱，窘辱伙计或是给买客重复同样的话语的人所有的。姐弟二人的有限的智力整个的吸收在商业的和解、权利的所有、巴黎商场的特殊的法律和特殊的习惯的认识中。针线、缎带、别针、纽扣，这些裁缝的必需品，还有构成巴黎的杂货铺的庞大数量的物品，都应用了他们的记忆力。往来的信件、货单和清账占去了他们所有的一切的能力。除了他们自己的部分之外，他们是什么也不知道的，甚至于不认识巴黎。在他们看来，巴黎只是围绕圣登尼斯街的陈列所而已。他们的狭小的性格是以他们的店铺为范围的。然而他们却有烦忧伙计和女店员的值得钦佩的本领，总是找着他们的错处。他们的乐处就是在于看见一切的手好像老鼠爪一般的在柜台上转动，排布货品或包裹物件。当他们听见女店员或是年青人所发出的七八个声音来回答买客的观看的时候，那一天的日子就是美丽的，天气好！当以太的蓝色使巴黎光焕，当巴黎人散步着而自己却只注意到自己所维持的杂货商业的时候，傻头傻脑的店主就说：

“生意不好的天气！”

使罗格郎变成学徒们所崇拜的对象的学科就是他的打结、开结、重打结和打包的艺术。罗格郎可以一边打包，一边看着街中发生的事情，而整个的一直透底的监视着他的铺子；当他说“好了，太太，您还要别的东西吗?”的时候，他是一切都看到的。没有他的姐姐的话，这位傻子一定会被毁了的。雪丽薇对于售卖有一个特殊的感觉和天才。她指导她的弟弟去购买工厂的出品，为着在一件物品中赚到一苏钱起见，她就把他送到法兰西最偏僻的地方去。女人们多少都有一点精细，并不是拿来服务她的心田，而是把她带到投机的冥索上面去。得付还的一笔基本金！这个念头是使这机器转动给他传达一个可怕的活动的唧子。罗格郎仍然当伙计头，他还不知道他的事业的整个的情况：私人的利益，这智力的最大的传导物并没有使他前进一步。当他姐姐预先看到货物的过时而命令他赔本出售的时候，他常常大吃一惊；然而，后来，他却傻头傻脑的钦佩他的姐姐雪丽薇。他既不会好好的推理，也不会恶劣的推理，因为他根本不会推理；但是他却有卑屈在姐姐下面的理由，并且他之所以自愿卑屈却有商业以外的原因；他说：“她是我的姐姐。”也许常定的生活的孤单、最低必需品的满足、青春时期之缺乏金钱和快乐可以给生理学家和思想家解释这个脸孔的粗暴的表情，这位杂货商人的脑筋的贫弱和他的态度的愚蠢。他的姐姐常定的阻止他结婚，也许是害怕要丢掉她在家中的影响，看到一位比她的确年青而美丽的女人简直是花费和毁坏的祸根。愚蠢有两种的存在形式：哑口无言或是信口开河。哑口无言的愚蠢是受得了的，然而罗格郎的愚蠢却是信口开河的。这位零售商人养成了苛责伙计的习惯，给他们解释杂货商业的半批发，给他们点缀许多无味的笑话，就是所谓的店铺的“拔骨”。这个字从前是用来指示不识相而重复同样话语的精神的，是从兵士的语言“布拉格”（夸口）演化而来的。店里小社会的人众对于他的绝对的听从，自己对于自己的满意，罗格郎终于就给自己说了一句话。这位多话的人自以为是一位演说家。给买客解释他们所要的东西，试探他们的欲求，叫他们羡欲他们所不要的东西的必要，打开了这位杂货商人的话匣子。这位小商人终于能编出一些句子，他所用的字眼没有代表任何的意义，然而却有用处。他还给买客解释人家所不大熟识的步骤：因此在他的实践上也来了我也说不出来的什么优点；然而当他从一千零一件的物品所引起的一千零一次的解释中出来的时候，在他的思想上，他简直是跟躺在草梗上晒太阳的鱼一样。罗格郎和雪丽薇这两个强勉制成的机械，无论在本性上或是在行动上，都没有提醒心灵生活的情绪。所以这两个造化是过分多筋肉而干枯的，是他们的工作、他们的缺乏营养、他们对于学徒时期的长时间的痛苦的回忆把他们变成粗硬的。他们两个人都没有埋怨过任何的不幸。他们并不是难于和解的，但是他们却是受过他们的扰搅的人所觉得难于对付的。在他们看来，道德、荣誉、忠实，一切人类的情绪都是存在于按期的付款。他们是健讼的、没有灵魂的、贪鄙节俭的，然而姐弟二人却在圣登尼斯街的商业中享有可怕的盛名。每年三次，当他们可以关闭两三天店门的时候，他们就到普鲁凡去，如果和普鲁凡没有发生关系的话，他们一定找不到伙计和女店员。老罗格郎给他的儿女送去一切因为父母的志愿而献身于商业的不幸的人，他在普鲁凡替他们办理贩买男女学徒的勾当，在那里吹嘘他的儿女的富裕。因为要儿女受到良好的教导和监视，要看着儿女有一天承接罗格郎姐弟公司，每一个人都把在家捣乱的儿女送到这两位单身汉所管理的商店里去。但是，只要花费一百厄古膳宿费的男学徒或是女学徒却找到方法离开这活监狱，他们就在可以增加罗格郎的可怕的名声的快乐之下逃之夭夭了。不会疲惫的旅馆主人总给他们找到新的牺牲者。自从十五岁之后，为着售卖货物而惯于扮装老人的罗格郎·雪丽薇都有两副面具：女店员的温和的姿态和萎缩的老小姐的自然的姿态。她那学习而来的姿态是一个巧妙的做作：在这姿态之中，一切都在微笑；她那变成温和谄媚的声音放出一道实践商业生活的诱惑的力量。她的真正的面目就是出现在两扇半开的百叶窗之中的那副脸孔；这脸孔可以使喜欢一切法兰西女人的一八一五年的哥萨克民族的最有毅力的分子躲避一空。

洛兰夫妇的信到来的时候，为着父亲而挂孝的罗格郎姐弟已经承继了差不多是从毕爱丽黛的祖母手中抢夺而来的房产，又承继了老旅馆主人所赚到的几块土地和这位老酒徒从希望没收农民的抵押品而借出的高利货中得到的一些资金。他们的年账刚刚算清。家姐公司的店基已经付完了。罗格郎姐弟占有差不多价值六万佛郎的存货、钱柜和荷包中所有的四万佛郎和他们的店基的价值。姐弟两个人坐在柜台背后方形小室内的那个夹有单色条纹的榆特哈特绿丝绒所盖的长凳子上（这柜台对面另外又有一个柜台，好像是给女店员长预备的），他们互相询问他们的用心。一切的商人都切望变成中产阶级。变卖他们的资本的话，姐弟两个人应当可以拿到差不多十五万佛郎，还没有算到父亲的遗产。把这预备金存放在国库大账上，他们每一个人可以得到三四千佛郎的息金，甚至于可以恢复家产的总额，不过这数目无疑的是按期还给他们的。所以他们可以一块儿到普鲁凡去住在他们的房子里。他们的女店员长是一位担负九个儿女重责的东纳马勒富有的佃农的女儿；这位佃农必得给他的儿女们成家立业，因为把他的财产分为九份，每人就所得无几了。五年之中，这位佃农死了七个孩子；所以这位女店员长就变成一个这样有兴趣的人物，甚至于都使罗格郎动了要她为妻的念头，不过这只是空的愿望罢了。这位小姐对于她的主人表示厌恶的态度，这态度可以破坏他的一切计划。何况雪丽薇小姐不但不加帮助，甚至于反对弟弟的结婚，不希望让一位这样狡猾的女人来当他们的承接人呢。在普鲁凡安居之后，她使罗格郎的婚姻延期。

过路的人没有一个懂得某些店铺里面的秘密的存在所有的动机；他看见他们，他问自己："用什么？他们怎么能够生活呢？他们变成什么样子呢？他们从哪里来的呢？"他一想解释这些问题，他就觉得什么也回答不出来。为着发现这些脑袋里头所生长而使这些存在活泼的诗章起见，我们必得挖掘这秘密；然后我们就可以马上找到一切的真实了。巴黎的商店主人都是用一种多少可以实现的希望来养育自己的，没有这个希望他们显然是要失败的：这个人梦想要建筑或是管理一所戏院；那个人企图得到市政府的荣誉；这个人在巴黎三法里以外的乡间有一所房子，他所冒称的什么公园，在那里树立着色的石膏像，在那里设备一些好像线头一般的喷泉，在那里发疯的花费巨款；那个人梦想当国防军司令官。普鲁凡，这个地上的天堂，就给这两位杂货商人激起了法兰西的一切小城市所给居民灵感的幻梦。我们可以用香槟的光荣来说这个：这爱情是合法的。法兰西最美丽的一个城市普鲁凡，是跟佛兰吉斯顿和迦兹米尔溪谷竞胜的。他不但包含有波斯的荷马沙地的诗章，同时也给医药的科学供献有药材的原料。十字军曾把热里楚的蔷薇带到这个幽美的溪谷里来，这种花凑巧的在这里培植了一种新的性质，同时却保留着他的原来的颜色。普鲁凡不但是法兰西的波斯，他还能够是巴德、埃斯、巴特：她有水景！这是每年都要重看的一派风景，不时不时的在圣登尼斯街的泥泞的铺石路上出现在这两位杂货商人的眼前。穿过了隔于费尔特—古赤和普鲁凡之间的灰色的平原（其实是沙漠，不过是会生产小麦的沙漠罢了），您就可以走到一座山丘，您就可以突然看见在您的脚下有一座城池，是由两条河流灌注的：在岩石之下伸展着一条绿色的溪谷，满充着丰艳的线条、远处的地平线。如果您从巴黎来，远远的走向普鲁凡的话，您就有这条悠远的法兰西大路。这条大路穿过他所剖切的山腹，走着蒙昧的人和乞丐，当您想要细察这如画的突如其来的村野的时候，这些乞丐们就以悲哀的声调来陪伴您。如果您从特罗瓦来的话，您就走进了平坦的野地。别宫、老城和城市的旧保垒，一层一层的建筑在山丘之上。新城在山下伸展着。普鲁凡有高低两城：高城是一座流通空气的城市，倾斜的街道，美丽的外观，环绕着凹形的山路，这些山路有许多的水洼，种有许多的胡桃树，用他们的广阔的车辙给鲜明的山脊穿成许多孔穴；这是一座清静、洁净、严肃而由别宫的威严的遗迹来统治的城市。低城是一座有许多用勃丽的两条狭小迟缓而渊深的河流芜尔滋和杜尔丹来浇流的磨坊的城市；这是一座满充着旅馆，商业，隐居的中产阶级，留下许多邮车、轻车、输送车的痕迹的城市。这高低二城或是这带有历史的回忆，遗迹的悲凉，溪谷的畅爽，满充着缀有草须和花朵的围篱的甘美的水潭，夹有园圃的河流的一座城，他很容易引起孩子们的爱敬，使他们和奥维尔额人、沙芜瓦人、法兰西人一般的爱护本地：如果他们为着寻找财宝而离开普鲁凡的话，他们总是还要回来的。比况狡兔和忠实的人的格言“死在巢窟里”，似乎是特为普鲁凡的人而写的题词。所以这两位罗格郎就只想到他们的亲爱的普鲁凡！弟弟一边在售卖绢线，一边看到了高城。他一边堆放包钮子的纸包，一边在欣赏美丽的溪谷。在打捆或是解捆带纽的时候，他的眼睛却随着明艳的河流。在观看他的货架的时候，他就重登上当日躲避父亲的怒气而跑来吃胡桃、吞覆盆子的凹形的山路。普鲁凡的小广场特别的占住他的思想：他想刷新他的房子，他梦幻到他要在那里重建的房屋的正面楼，梦幻到卧室、弹子室、饭厅和菜园，他曾用园中的草地、穴洞、喷泉、塑像等把这菜园做成一个英吉利式的园圃。姐弟二人在这和圣登尼斯街一般的建筑物一样高耸、一样旧黄而有三个十字窗和七层房楼的房子的第三层楼睡觉的那两间卧室，除了必要的物品以外，并没有任何其他的家具；但是巴黎人却没有一个比这位杂货商占有更多的家具。当他在城里走路的时候，他就保持着迷了眼睛的人的态度，看着排设的美丽的家具，细察着用来充塞房子的布料。回来，他就对他的姐姐说：

“我在某间铺子里看见某个很合适的客厅的家具！”

第二天，他又买了另外一个，并且总是如此的！他在本月的收入中挤出钱来付上月的家具。预算不能够付清他的建筑上的改良：他什么都要，并且总要抽选最后的发明。当他欣赏新盖的房子的阳台、研究外面装饰的小尝试的时候，他就找到剜形、雕刻和改变的图案。

“啊！”他对自己说，“这些美丽的东西在普鲁凡是更有好处的！”

当他在门脚上靠着店门眼睛呆呆的反刍着他所吃过的饭菜的时候，这位杂货商人就看到一间用他的佳梦加以镀金的虚幻的房子，他在他的园圃里散步，他在那里倾听和晶亮的宝珠一般的堕落在硬石灰石所造成的圆桌的喷泉。他打他的弹子球，他种植他的花木。如果他姐姐手中拿着笔反复思考而忘记了斥骂伙计的话，她就自己默想着接待普鲁凡的中产阶级，她戴着漂亮的帽子在客厅的大镜里顾照自己的脸孔。姐弟两个人开始找到污秽的圣登尼斯街的空气：商场的泥泞的气味使他们想到普鲁凡的蔷薇的芬香。他们同时有一个乡思病和一个偏狂病，和售卖最后的线团、丝筒和纽扣的必要正成相反。普鲁凡溪谷的伊甸乐园吸引了这两位希伯莱人，因为他们曾经受到长时间的苦痛，响着穿过杂货商业的多沙的荒地。

洛兰夫妇的信就在这美丽的将来所灵感的默思之中到来。这两位杂货商人好不容易认识一些关于他们的表妹洛兰·毕爱丽黛的事情。老旅馆主人久所进行的奥夫莱的承继是在他们的成业时就已发生过的，罗格郎很少说到他的资金。姐弟两个人很早就被送到巴黎来，他们不大记得清楚他们的姨母洛兰夫人。关于世系的一小时的讨论是必要的，因而能够回想到他们的姨母、他们的外祖父的第二个妻室的女儿、他们的母亲的异母妹。他们又想到重醮纳路家的洛兰夫人的母亲是因为悲哀而死的。他们就认为外祖父的第二次的结婚实在是他们的一桩致命的事情；结果就是两个妻室对于奥夫莱的遗产的瓜分。他们并且还听到他们的父亲的一些回骂，总是带有一些嘲弄和旅馆主人的声调。两位杂货商人就在这些不利于毕爱丽黛的回忆之中细察着洛兰夫妇的信。负责来培养这位可以当他们的承继人（如果他们都不结婚的话）的孤儿、少女、表妹，这是值得讨论的材料。他们就从一切方面来研究这问题。先说，他们从来就没有看见过毕爱丽黛。再说，看守一位年青的少女是很麻烦的事。他们对她不是得有许多的责任吗？如果她不合他们的意的话，他们就不能够把她再送回去了；还有，他们不是得出嫁她吗？并且，如果罗格郎在普鲁凡的女承继人之中找到合适的对象的话，他不是更应当保留整个的财产给他的儿女吗？依据雪丽薇的意见，她的弟弟的合适的对象是一位愚蠢、富裕、丑陋而让她管束的女人。两位商人就决定拒绝信中的要求。雪丽薇负责写回信。商务的繁杂迟缓这封信，因为这似乎是不大紧要的，而这位老小姐自从女店员长同意商议家姐公司的店基之后也再不想到这封信了。罗格郎·雪丽薇和她的弟弟在布里古来给毕爱丽黛的生活投下许多兴味的那一天的前四年动身回到普鲁凡来。但是这两个人在外省的工作需要一个和他们在巴黎的存在的同样的解释，因为普鲁凡不应当没有和毕爱丽黛的表兄表姐的先辈商人一样的使毕爱丽黛悲惨。

当一位从外省来到巴黎的小商人又从巴黎回到外省的时候，他总带了一些念头回去；然后他就把这些念头消灭在他所沉没而陷落他的不彻底的革新的外省生活的习惯中。就是因为这个道理才产生了一些迟慢而继续的小变更，这些变更使巴黎能够微损外省城市的面目而特别表现这位当年的商人是如何的变成进步的外省人。这种变化的过度实在是一种病症。任何的零卖商人都不能够毫不受苦的从喜欢多话的生活走到岑寂无声的沉静，从巴黎的活动的生活走到外省的停滞的状态。当这些勇敢的人得到一些财富之后，他们就花费了一部分的钱来满足久已隐蓄的嗜好，流注着那些只能够在坚强的意志之前停止的动作的最后的变动。那些没有固定的念头的人，就去旅行或是投身于市政府的政治的活动。这几个人打猎去、钓鱼去，扰搅他们的佃户或是他们的租客。那几个人就变成发放高利贷的人，正如老罗格郎一样，或是购买股票，正如许多不知名的人们一样。姐弟二人的主旨您是认识的；他们要满足他们的幻想来运用他们的土镘，来重建他们的房屋。这固定的念头就产生了低普鲁凡广场上布里古刚才所细察的房屋的正面楼，这所房屋的内部布置和他的奢华的家具。建筑师没有问过罗格郎姐弟，没有请过他们在图案上和工程的预算上签字，没有给他们详细解释正在讨论的物品的性质、生产地和其不同的价格之前是连一条螺丝钉也不敢加上的。至于特殊的东西，都是曾经在迪芬先生家里，或是年青的儒里亚尔夫人家里，或是市长迦尔锡兰先生家里用过的。和普鲁凡某个中产阶级的相似点，总可以结束有利于建筑师的争论。

“如果迦尔锡兰先生的房子也有这个的话，您就做吧！”罗格郎小姐说，“这一定是很好的，因为他是一个懂得趣味的人。”

“雪丽薇，他提议在走廊突出部的剜形建筑中加些卵形的装饰吗？”

“您管这个叫做卵形的装饰吗?”

“是的，小姐。”

“为什么？多奇怪的名目！我从来就没有听见人家说过这个字眼。”

“但是您总看见过吧?”

“是的。”

“您懂拉丁文吗?”

“不懂。”

“好吧，这就是鸡蛋，卵形装饰就是鸡蛋。”

“你们真是滑稽，你们这些建筑师!”罗格郎嚷着说，“一定就是因为这个道理，你们才没有丢弃你们的蛋壳!”

“我们要油漆走廊吗?”建筑师说。

“真是，不，不!”雪丽薇叫着说，“又是五百佛郎!”

“噢！客厅和扶梯太好看了，不能够不装饰装饰走廊。”建筑师说，“去年，小勒苏尔夫人也油漆她的走廊哩。”

“然而她的丈夫检察官说不定不会居住在普鲁凡哩。”

“噢！他总有一天会升为法院院长的。”建筑师说。

“那么，您到底跟迪芬先生做什么呢?”

“迪芬先生，他有一个漂亮的太太，我并没有碰过他的钉子：迪芬先生要到巴黎去。”

“我们要油漆走廊吗?”

“好，勒苏尔夫妇至少可以看出我们很看重他们!”罗格郎说。

罗格郎姐弟安居在普鲁凡的第一年是整个的忙于这些讨论，忙于快乐的观看工人们的工作，忙于表发惊愕和惊愕所产生的一切的教训的接纳，忙于要和普鲁凡主要的家庭联络的企图。

罗格郎姐弟从来没有到社会上去交际过，他们没有离开过他们的铺子；他们不认识巴黎的任何人物，他们渴望社会的欢乐。

回来的时候，这两位出外的移民又先找到了中国绸缎店的儒里亚尔夫妇和他们的孩子和孙辈；后来又找到了格宾家或是格宾家族，这一家的孙辈还维持着三纺竿；最后就找到了卖给他们家姐的桂纳夫人，夫人的三位女儿都是在普鲁凡出嫁的。这三个大家族，儒里亚尔、格宾、桂纳在城中的伸展，就好像是茅草在草地上的伸展一般。市长迦尔锡兰先生是格宾先生的女婿。教士柏鲁方丈是儒里亚尔夫人的亲弟弟，夫人是柏鲁家的小姐。法院院长迪芬先生是桂纳夫人的兄弟，夫人的签字是“迪芬安人”。

城市的皇后是美丽而年青的迪芬夫人，罗甘夫人的独生女。罗甘夫人本来是巴黎的一位老法律公证人的富裕的妻子，不过人家从没有谈到这位老法律公证人罢了。罗甘夫人是窈窕的、婵娟的、聪明伶俐的，她的母亲不喜欢留她在身边，有意给她嫁在外省，而在结婚之前几天把她从寄宿学校中领回。罗甘·麦兰妮虽认为自己是被放逐在普鲁凡，但她在这里的行为却是非常得体的。她有丰富的嫁资，同时又有美丽的希望。至于迪芬先生呢，他的老父亲曾给他的长女桂纳夫人留下了有利的承继给她一块离普鲁凡五法里远而可以收租八千佛郎的土地，这块地应当是归于院长的。所以结婚时有二万佛郎的迪芬夫妇（还没有计算广场和院长的房屋）应当有一天能够结合另外的二万佛郎的息金。人家说：“他们并不穷。”迪芬夫人的唯一的大事就是设法使迪芬先生当议员。议员变成了巴黎的法官；她自许能够使他从法院立刻升到王家法庭去。所以她就安慰了自己的自尊心，所以她就极力的欢乐；但是最艰难的事情她却成功了。她每星期两次在高城的美丽的公馆里接待普鲁凡的一切中产阶级。这位年纪二十二岁的年青夫人从来没有在她的光滑的地位上走过一步拙劣的行为。她给一切的人满足他们的自尊心，抚摸每一个人的理想：用严肃的态度对待严肃的人、年青的态度对待少女、母性的态度对待做母亲的女流、快乐的态度对待青年男子，等着给他们效劳，和蔼可亲的态度对待一切的人；总之，她是普鲁凡的一颗宝珠、一个宝库，她是普鲁凡的骄傲。她还没有说出一句话，全普鲁凡的选举人都等着他们的亲爱的院长到达被选的规定的年龄。他们之中的每一个人都确信他的才能，都想方法使他变成自己的人、自己的保护者。啊！迪芬先生一定会发迹的，他会当司法大臣，他会关心普鲁凡！

幸运的迪芬夫人就是用这些方法来统治普鲁凡这座小城市的。迪芬先生的姐姐桂纳夫人把长女嫁给检察官勒苏尔先生、二女嫁给医生马尔登纳先生、三女嫁给法律公证人奥夫莱先生之后，就重醮嫁给税务局长迦拉尔顿先生了。勒苏尔夫人、马尔登纳夫人、奥夫莱夫人和她们的母亲迦拉尔顿夫人都把迪芬院长看作家族中最富裕、最能干的人物。因为婚姻关系而成为迪芬先生的外甥女婿的检察官特别有兴趣鼓励他的舅舅到巴黎去运动普鲁凡的法院院长。所以，这四位夫人（迦拉尔顿夫人崇拜她的弟弟）就给迪芬夫人构成一个朝廷，她们从她处得到一切种类的意见和劝告。儒里亚尔的长子娶了一位富有的农家女为妻，他忽然对于院长夫人这位从巴黎天国下降的天使发生一种秘密而无私的情感。不能够为着一位儒里亚尔而自我苦恼的麦兰妮却非常能干的维持着他的阿马迪状态，开发着他的愚笨行动，这位狡猾的麦兰妮就给他贡献意见，叫他经营一家报馆，当他的秘密顾问。两年以来，倍加钟情的儒里亚尔就创办了一家报馆和一家给普鲁凡设备的公共邮车。报纸名叫《普鲁凡蜂筒报》，其中包含有许多家庭的文艺、考古、医学的文章。全区的广告可以付清报馆的开销。二百家的订户就是利润。报纸上发现有勃丽省所觉得幽怨而难懂的诗句，并且是“献给她！！！”的，后面加了这三个惊叹号。所以歌颂迪芬夫人的功德的年青儒里亚尔夫妇就给儒里亚尔家族和桂纳家族联结起来了。从此之后，院长的客厅就自然而然的变成了全城的第一个沙龙了。普鲁凡的少数的贵族在高城中只结成一个唯一的沙龙会社，就是老柏礼奥特伯爵夫人家里的沙龙。

利用他们和儒里亚尔家、格宾家、桂纳家的旧日的友谊，他们跟外祖父的曾孙奥夫莱法律公证人的亲戚关系而移植的最初六个月之中，罗格郎姐弟最初就受到老儒里亚尔夫人和迦拉尔顿夫人的招待；后来，经过相当的困难，他们就到了美丽的迪芬夫人客厅里来。每一个人在允许罗格郎姐弟进门之前都要预先研究他们。不欢迎生长在普鲁凡而又回来在这里吃用他们的岁收的圣登尼斯街的商人是很不容易的。然而整个社会的目的却总是在于混合有钱、受教育、有风尚、有学识、有类似性格的各种的人。诸位格宾、诸位桂纳、诸位儒里亚尔是比罗格郎姐弟地位更高、更属于旧日的中产阶级，因为罗格郎是一位当日曾经在私生活和奥夫莱的承继问题方面受到人们的责难的放发高利贷的旅馆主人。迦拉尔顿夫人（迪芬安人）的女婿奥夫莱法律公证人懂得怎样的安居：事情已经都在他的先辈手中安排停当了。这些离乡十二年而再回来的旧日商人开始把自己放在教化、熟识世故、精通社会礼节的水平之上，迪芬夫人就在这社会之上印下某种漂亮的印章、某种巴黎的文饰；这里的一切都是同质的，这里的人们都是互相了解的，每一个人都知道在这里安处，在这里用大家都欢迎的态度说话。他们都认识大家的性格，都互相的习惯相处。一旦受到市长迦尔锡兰的接待，罗格郎姐弟都自夸说，没有多少时间他们就已经进入城里最高的社会里来了。雪丽薇就学打纸牌。不能够做任何赌戏的罗格郎就转动他的拇指、吞食他的语句，谈到他的家庭；但是他的语句就好像是一种药品，这些语句好像很使他苦楚，他站了起来，想要发言神气，他有点害臊，他又坐了下来，在他的嘴唇之上也就产生了滑稽的骚动。雪丽薇天真的在牌桌上发展她的本性。输的时候就屡屡叹息，赢的时候就侮慢的快乐，她是喜欢吵闹的、健讼的、好口舌的，她不耐烦她的敌手和她的赌伴，变成了犯众怒的分子。被一种幼稚而坦白的羡欲所吞噬，罗格郎和他的姐姐自认能够在这个由十二家庭的密网所遮盖的城中扮演一个角色，在这城里，一切的利益、一切的自尊心好像结成一块光亮的地板似的，新来的人都应当在这地板上留心，免得碰到钉子就是跌了一跤。假定房屋的重建花费了三万佛郎，姐弟两个人合在一起共有一万佛郎的息金。他们自以为非常豪富，用他们的未来的奢华来压倒这社会，让人家测量他们的小器量的程度、他们的卑贱的无知、他们的愚笨的妒忌。美丽的迪芬夫人已经在迦尔锡兰夫人家里、在她的大姑迦拉尔顿家里、在老儒里亚尔夫人家里注意过他们；当人家把他们介绍给她的那一天晚上，迪芬夫人，这位一城的皇后，就对大家走了之后和她跟院长头对头的留下的年青儒里亚尔坦白的说：

“所以，你们大家对于这两位罗格郎都是很要好的吗?”

“我，”普鲁凡的阿马迪说，“他们打搅我的母亲，他们使贱内厌倦；并且，雪丽薇小姐三十年前在我父亲店里当学徒的时候，我父亲已经是受不了的了。”

“但是我倒很想懂得，”美丽的院长夫人说着，把她那纤细的小脚放在她的炉盘的铁棒上，“我的客厅并不是一所旅馆。”

儒里亚尔仰起眼睛看着天花板，好像是说：“我的天哪，多聪明！多精细!”

“我要我的社会是上选的，如果我允许罗格郎姐弟来的话，我的社会自然就不会是上选的了。”

“我们没有心，没有精神，没有礼貌，”院长说，“当他们卖了二十年丝线之后，正如我的姐姐一样，比方说……”

“朋友，您的姐姐不能够在任何的客厅中走动。”迪芬夫人插嘴说。

“如果人家还傻傻的继续当杂货商人，”院长继续着说，“如果人家不自洗垢污，如果人家把香槟的伯爵们都看作是一些供给酒的账目的话，正如两位罗格郎今天晚上所干的一样，人家倒不如留在家里不必来。”

“他们是贱骨头。”儒里亚尔说，“在他们看来，普鲁凡好像只有一所房子。他们要把我们大家都压得粉粉碎碎。总之，他们好不容易才有得活哩。”

“如果只有这位弟弟的话，”迪芬夫人接着说，“人家还可以忍耐他，他倒不碍事。给他一张骨牌，他就可以静静的留在一个角落里。他得有整个的冬季来凑配牌九。但是雪丽薇，哼，她真是伤了风的豺狼的声调！她真是海蟹的足爪！……别说这个，儒里亚尔。”

儒里亚尔走了之后，娇嫩的夫人就对她的丈夫说：

“朋友，我已经有相当多数的本地人让我来接待，再加上这两个人，简直要弄死我了；如果你答应的话，我们可以拒绝他们。”

“你怎样说就怎么做，”院长说，“但是我们要结上几个仇人。罗格郎姐弟一定会投身加入反对党，一直到现在为止，反对党在普鲁凡还没有巩固的势力。这位罗格郎已经和古罗男爵跟维纳律师有来往。”

“呃！”麦兰妮微笑的说，“他们可以给你报效。没有仇人的地方是找不出胜利的。一个自由党的阴谋，一个不合法的结社，一个某种的争斗，都可以使你显耀。”

院长用惊惧的敬佩看着他那年青的夫人。

第二天，每一个人都在迦尔锡兰夫人家里耳语说罗格郎姐弟并没有在迪芬夫人家里得到成功，而迪芬夫人所说的那句关于旅馆的话却有一个大成功。迪芬夫人等了一个月才去回拜雪丽薇小姐。这在外省是一种很明显的侮慢。在迪芬夫人家里，跟可敬的老儒里亚尔夫人同在牌桌之上的时候，雪丽薇曾经留下一幕关于她的老主人故意使她丢脸（据她自己说）的悲剧。喜欢给别人开玩笑的雪丽薇从来没有想到人家也会给她开一个同样的玩笑。迪芬夫人给了一个榜样，在罗格郎姐弟未到之前就安排好牌戏，让雪丽薇只好一桌一桌的徘徊着，看别人打牌，这些牌友都在讥诮的神色下瞧着她。在老儒里亚尔夫人家里，人家打魏斯特牌，这是雪丽薇所不会玩的牌戏。老小姐终于懂得她之被人置诸法外，然而却不知道其中的原因。她自己以为是这社会的妒忌的对象。不久，什么人也不请罗格郎姐弟到家里去玩；但是他们却死要到城里的夜会中去。聪明的人们温和而没有怨恨的给他们开玩笑，让他们糊涂的讲到他们的房子的卵形装饰，讲到某一个普鲁凡无双的酒库。然而，罗格郎姐弟的房子总算是完工了。自然他们就设备了奢华的盛宴，一方面是用来还礼他们所得到的接待，一方面是要显示他们的阔绰。人家只是因为好奇才来的。第一次宴席是请重要的人物的：迪芬先生夫妇，虽然他们并没有在迪芬先生夫妇家里吃过任何的一顿饭；儒里亚尔先生夫妇和他们的儿子跟儿媳妇；勒苏尔先生，教士先生，迦拉尔顿先生夫妇。这是外省所有的一顿自五点钟一直坐在桌上吃到九点钟的盛宴。迪芬夫人给普鲁凡带来巴黎的伟大的风尚；在巴黎，吃完咖啡之后，大方的人家就离开客厅。她在家里有夜会，她要逃走；但是罗格郎姐弟却看着整理家务一直看到街中去；当他们回来而奇怪不能够留住院长先生和院长夫人的时候，其他的客人就给他们解释迪芬夫人的趣味而用外省的残暴的敏捷模仿她。

“他们看不到我们的光亮的客厅了！”雪丽薇说，“而且灯光是客厅的脂粉。”

罗格郎姐弟想要给他们的客人准备一个惊异。他们没有允许任何人来看这著名的房子。所以迪芬夫人的客厅的熟客都不耐烦的等着她对于罗格郎宫殿的伟大的断案。

“好吧，”玲珑的马尔登纳夫人对她说，“您看见过罗佛尔王宫，告诉我们他的一切吧。”

“但是一切，这就和宴会一样，没有什么了不得的。”

“这怎么讲呢？”

“好吧，我们必得欣赏你们所认识的这个装有镀金十字格的房门，”迪芬夫人说，“这可以通到一个长廊，这长廊把房子分为两个不相等的部分，因为右旁只有一个朝向街道的窗户，左旁却有两个。在花园那一方面，这走廊的尽头有一扇通到石阶的玻璃门，从石阶走下可以到达一块草地，草地的上面点缀着一个放置漆成古铜色的斯巴达古斯石膏像的石座。建筑师在厨房的后面扶梯的围墙底下盖有一间小房子，预备贮存食物用的，我们没有得到洪恩，没有福气看到。这个完全漆成黑质黄斑的大理石颜色的扶梯是截作半轮形的斜陂的样子的，好像咖啡馆里从地面楼通到下层的小室的楼梯一样的转着。这个胡桃木制成的无味的装饰物装铜的轻浮的栏杆就是人家所告诉我们的世界上的七大奇景之一。地窖的门就在下面。走廊的另外一头，朝街的是饭厅，由一个自闭的双扇门可以通到同样大小的客厅，客厅的窗户可以看到花园。”

“这么说，并没有前厅等待室吗？”奥夫莱夫人说。

“前厅等待室无疑的就是这个让人夹在两道空气之中的走廊。”迪芬夫人回答说。“我们有一种超卓的国家的、自由党的、宪政派的、爱国的思想，我们只用法兰西的木料。”她接着说。“所以，在饭厅里，地板是胡桃木的，用匈牙利的尖形砌成。碗橱、桌子、椅子也都是胡桃木制成的。在窗户上，窗帘是用圈有红带的白棉布制成的，用过大的圆轴上的红悬带结在雕成玫瑰花形的窗上，窗柱是涂金的，细菌从红色的板底长了出来。这些伟大的窗帘飘在木棍的上面，木棍的末端留有许多紊乱的棕叶，这些木棍是用铜刻的狮爪把他们高高的按在每一个折痕的上面。在其中的一个碗橱之上，人家可以看见一个咖啡馆所有的日晷，用一种黄铜的拭桌布挂着，这是特别使罗格郎姐弟快乐的许多主意之中的一个。他们想要我欣赏他们这个发明；我觉得我的回答是最好不过的，我说如果人家要把一块拭桌布围住日晷的话，最好是把他放在饭厅里。在这碗橱上面有两个大油灯，好像装饰大饭馆的柜台所用的油灯一般。在另外一个碗橱上面有一个大加修饰的晴雨表，似乎对于他们的生存有极大的作用：罗格郎就好像是看着他的未婚妻一般的看着他。两个窗户的中间，公馆的主人在一个可怕的富裕的壁兜里安置着一个白陶的火炉。墙上发亮着一种红色和金色的灿烂的纸，好像上面所说的饭馆里所有的一样，无疑的罗格郎就是在那里抽选的。他们用白色和金色的瓷器给我们伺候宴席，还有那绿花深蓝的盆子来吃饭后点心；但是人家还开了一个碗橱，让我们看看另外一套平日所用的粗食具。每一个碗橱的对面都有一个贮放桌布等等的大柜。这一切都是涂漆的、清洁的、新鲜的，满充着尖锐的色调。我还赞同这间饭厅，他有他的特色，无论他是如何的不合适，他描写得很清楚房子的主人；但是没有办法赞同这五张内政部必得规定法律反对的黑色木刻画，这五张木刻画绘着波尼亚豆斯基跳进埃尔斯特尔河、克里齐境上的防卫战、拿破仑亲身瞄准大炮，和两张关于马志巴的故事。五张都镶在镀金的镜框里，这些镜框的俗气的式样刚刚好和这些版画相配，能够使成功变成怨恨！噢！我真不知道如何的喜欢儒里亚尔夫人的彩色铅笔画，他们所画的是果子，是路易十五时代所画的，他们是和这个老饭厅、这个灰色而略为虫蛀的装板壁相调和的，然而他们却的确有外省的特性，和家里的银器、古代的瓷器、我们的习惯非常的相配。外省是外省；要模仿巴黎真是画虎不成反类狗了。也许您要对我说：‘您是金银细工匠，约斯先生。’但是我宁可喜欢老迪芬先生的这间老客厅和他那些绿色和白色的大绸帘，路易十五时代的火炉，他那歪斜的穿衣镜，他的老旧玻璃物品和他那可敬的牌桌；我那老施维尔出品的镶上古铜的绿色的玻璃杯；我那装饰有找不到的花朵的挂镜，我的光泽的罗古古，我那盖上毡套的家具，而不要他们的客厅的一切的华丽。”

“他们的客厅怎么样呢？”马尔登纳先生说，他听到这美丽的巴黎女郎刚刚正直的给外省所说的颂词，不禁觉得非常的快乐。

“至于客厅，他是满堂红的，和雪丽薇小姐输了一个‘赢牌’而发怒时的颜色一样红的！”

“雪丽薇红。”院长说，他这句话就传留在普鲁凡的字汇中。

“窗帘吗？……红的！家具吗？……红的！壁炉台吗？……红的大理石！烛台和挂钟吗？……红的大理石，镶上同样笨重图案的古铜；罗马式的天花板穹窿用带有希腊式的叶形梁柱支撑着。挂钟的上面，您是以罗格郎姐弟的形态、愚蠢的神气被这只叫做装饰狮子的粗孩子所注视的，这狮子可以长时间的扰搅真正的狮子。这狮子在他的一只脚下转动着一颗粗大的球，是装饰狮子的一个附件。他就是在保持这个大黑球之中过着他的生活，完全和左派的议员一样。这也许是宪政派的荒谬之言。壁炉台的玻璃镜有一个用面浆糊好的框架，这框架是鄙陋的、庸俗的，虽然是新制的。但是地毡工人的天才却由挂在壁炉前面的中央部分的那个钩上的红布折痕中所发出的光辉的表露出来的。这是一首完全为罗格郎姐弟而写的浪漫派的诗章，罗格郎姐弟出神入化的指示您。天花板的中央悬着一盏用轻薄卷尸布谨慎包好的大油灯，这而且是有道理的，因为他是最没有趣味的；酸锐色调的铜器是用最讨厌的变化棕色的黄金的线条来装饰的。下面的一张黑色黄斑的大理石圆茶桌上有一个雕花的金属茶盆，里边光亮着许多带画的茶杯，真难看的画！这些茶杯的中间是一个玻璃的糖罐，修饰得这样的齐整，我们的小妹妹们会睁开眼睛来欣赏的，糖罐的口缘是镀金的铜箍，边角是中世纪的紧身一般的裁切着，里边有一个夹糖的钳子，大约是从来没有用过的。客厅的帘幕是用红纸当丝绒来制造的，这些红纸是一块一块的镶在棕叶形饰物所钩在四角的铜框里。每一块雕板的上面又饰有镶在雕有浓色花叶形饰物的框架里的石印画，这些框架是假装我们的美丽的木刻。呢布和榆树根所制的家具是古典派的两张安乐椅、两张靠椅、六张沙发和六张椅子。壁架是由一只所谓梅迪西斯式的白色玻璃瓶和这样伟大的酒镡点缀的。人家已经相当郑重的预先告诉我们这是普鲁凡找不到第二个的宝贝！每一个配有红绸窗帘和网布内重帘的窗户口上都有一张牌桌。地毡是乌布桑的地毡。罗格郎姐弟并没有忘记在这红底上刺上许多玫瑰花，这实在是庸俗的图案之中的最庸俗的。这客厅不像有人居留过：我们没有看见有什么书或是什么图画，也没有看见什么装饰桌子的小物品。”她说着，瞧了瞧堆满时髦物品、纪念册、人家给她赠送的好看的东西的桌子。“那里并没有鲜花或是任何可以随时换新的东西。这是和雪丽薇小姐一样冰冷、一样干燥的。步风说作风是和人一样的，这句话是对的；无疑的，一切的客厅都有他们的作风!”

美丽的迪芬夫人继续她的讥讽的描写。根据这个标本，每一个人都很容易的想象姐弟二人所居住的第二层楼他们所给客人指示的寓所；但是没有人发现聪明的建筑师给罗格郎姐弟诱导的愚笨的研究：门户的剜形雕，修饰过的内门，剜形突出部的色调，好看的图画，镀金的铜制的扶梯上的靠手棍，小铃，消烟的火炉的内部，除湿器，扶梯上所油漆的精细的镂嵌的图画，花玻璃，精巧的锁钥：总之，一切使这建筑丰富而使中产阶级高兴的这些无味的装饰都是过分的浪费。

没有一个人愿意出席罗格郎的夜会，因为他们的吹嘘算是失败了。拒绝的理由并不是没有的：每天的时间都是被迦尔锡兰夫人、迦拉尔顿夫人、两位儒里亚尔夫人、迪芬夫人、县长先生等等占去了。为着举行一个夜会起见，罗格郎姐弟认为请一次客就行了：他们有许多相当调皮的年青人和世界各国的食客，但是严肃的人都不来看他们。因为雪丽薇所称为“亲爱的房子”的建筑干干脆脆的花去了她的四万佛郎而得不到任何的利息，她就想用节俭的方法来挪回这笔损失。她立刻停止这花费三四十佛郎（酒还不算在内）而不能够实现社交希望的宴会，这种社交在外省是和在巴黎一样的不容易创立的。雪丽薇辞退了她的女厨，找到一个乡下姑娘替她做粗工。这姑娘就是她的表妹，而且是为她的快乐而叫她来的。

他们回来之后的十四个月，姐弟二人就这样的堕进了孤单而无所事事的生活之中。被人驱出社交的场合使雪丽薇生出了怀恨迪芬夫妇、诸位儒里亚尔、奥夫莱夫妇、迦尔锡兰夫妇之心，她同时也怨恨普鲁凡的社会，而称之曰“无赖的社会”，她和这社会的关系也就变成冷淡的了。她很想用第二个社会来反抗这个社会，但是下等的中产阶级完全是由只有星期日和节庆日有工夫的小商人或是类似维纳律师、纳路医生一般的无赖汉，男爵古罗上校一般难于允许的波拿巴特派人物组织而成的。罗格郎非常疏忽的和他们联络，高等中产阶级也曾落空的想叫他当心他们。所以姐弟二人就不得不停留在他们的饭厅里面的火炉边，回想他们的事情、他们的买客的面貌、其他的惬意的东西。第二个冬天并不是没有大受窘迫的结束。他们有成千的苦恼来过他们的日子。晚上临睡的时候，他们说：“又过了一天了！”他们早上睡得很迟才起来，留在床上，慢慢的穿衣服。罗格郎每天自己刮胡子，自己研究自己的脸孔，他和他的姐姐谈天，说到他所自以为看到的变化，他跟他的女仆讨论他的热水的温度；他走到花园去看看到底所种的花木长了没有；他到水边去散步（他曾在这水边盖过一个亭榭）；他观察他的房屋的细木器具：这房屋变迁了没有？东西的堆积是不是使一两张图画破裂了呢？油漆是不是没有脱落呢？他又回来对着一边放置食具一边斥骂女仆的忙碌的姐姐讲到他对于病鸡和潮湿成斑的地方的忧惧。晴雨表是罗格郎最有用处的家具；他无缘无故的请教他，把他当做朋友一样的亲热的拍着他，然后就说："他真坏！"他的姐姐就回答他说："喽！他制造四季的气候。"如果有人来看他的话，他就吹嘘这个器具的优卓。吃饭又得花费一些时间。这两位怪物是用哪一种的慢度一口一口的咀嚼的啊！所以他们的消化是完全的，他们不怕胃部生痈。他们的中午是用来阅读《蜂筒报》和《宪政报》的。这一份巴黎报是由他们和维纳律师、古罗上校三家合订的。罗格郎把报带交给上校，古罗男爵住在广场马尔登纳的房子里，他所讲述的长篇的故事使罗格郎非常的快乐。所以罗格郎就问自己为什么人家说上校是危险的，他很傻的告诉上校人家对于上校所加的排斥，告诉他"无赖社会"所说的话。上帝知道善于开枪和剑术而什么人也不怕的上校是如何的排布迪芬夫人和她的儒里亚尔跟那些卖给外国人，能够为地位而干一切的事，在选举票上念读他们所幻想的人名的高城的内阁派党徒。两点钟的时候，罗格郎举行了小小的散步。他很高兴一位跨在门跟上的店员居然叫停他而对他说："你好吗，罗格郎老伯？"他谈论，他询问城中的消息；他倾听，他传布普鲁凡的小流言。他登上高城，一直走到凹形的山路为止，如果天气好的话。有的时候，他就遇到了和他一样散步的老年人。这种逢遇是可喜的快事。普鲁凡有许多感悟巴黎生活的人，许多生活在书堆之中的谦卑的学者。请您想象一下罗格郎是用什么态度倾听长官而更是考古学家的德斯方特里伊候补审判官指着溪谷对受过高等教育的老马尔登纳先生说：

“请您给我解释：为什么当法兰西的医药界公认普鲁凡的水特别高贵，有一种作用，一种配得起我们的蔷薇的医学特性的战斗力的时候，欧洲游手好闭的人都斯巴去，不到普鲁凡来呢?”

“您要怎么呢?”受高等教育的人说，“这是一种偏见的偏见，没有法子解释的。一百年前没有人知道保尔都葡萄酒：前一世纪一个最伟大的人物，法兰西的阿尔西毕亚特，李慈刘元帅，被委为吉恩的总督；他有一只衰败的胸脯，全宇宙都知道这是什么原因的！当地的酒恢复了他的健康。保尔都于是就获到一万万的年金，元帅也开拓了保尔都的土地，一直开拓到安古莲，一直开拓到迦荷尔，总之，开拓了差不多四十法里！谁知道保尔都的葡萄园是以什么地方为界的？然而元帅在保尔都并没有他的骑马像!”

“啊！如果一两世纪之中普鲁凡也发生了这一类的事情，人家可以看出，我希望，”德斯方特里伊先生就接着说，“也许在低城的小广场，也许在高城的别宫，一个代表奥布瓦先生的脑袋的白色云母石的隐起雕刻，这位复兴普鲁凡矿泉的人!”

“亲爱的先生，也许普鲁凡的恢复是不可能的，”老马尔登纳先生说，“这座城破产了。”

这里，罗格郎就睁着大眼睛，叫着说：

“怎么?”

“当香槟的伯爵们好像雷纳王在普罗方斯建立朝廷一样在这里建立朝廷的时候，普鲁凡曾经是一座和十二世纪的巴黎胜利的争斗过的京城。”受过高等教育的人说，“那时候，文化、快乐、诗章、时髦、女人，一切的社会的繁华都不是巴黎所专有的。城市的复兴和倒账的商铺的复兴是同样困难的：在普鲁凡，我们只剩下有历史光荣的香水，蔷薇的香水，和一个县政府。”

“啊！如果法兰西保留了一切的封建时代的京城的话，他要变成什么样子呢?”德斯方特里伊说，“县长们能够代替使普鲁凡变成意大利的费拉尔、德意志的魏马或今日的明兴一样的那些风流而英勇的持保尔家所代表的诗人的种族吗?”

“普鲁凡曾经当过京城?”罗格郎嚷着说。

“您是哪儿来的?”考古学家德斯方特里伊回答说。

候补审判官于是就用手杖叩着高城的土地,叫着说:

“那么,难道您就不知道普鲁凡的这一部分是整个建筑在一些墓窟之上吗?”

“墓窟!”

“好,是的,一些不能测量其高度和阔度的墓窟。这就好像是大教堂的中部一样,有许多的柱子。”

“先生写了一部关于考古学的大著,他要在这部书里解释这些奇怪的建筑。”看见审判官骑上马的老马尔登纳说。

罗格郎知道他的房子是建筑在溪谷之中,非常快乐的回来。普鲁凡的墓窟就花费了这两位单身汉的五六日的探讨,做了他们好几夜的谈助。罗格郎就这样的总听到一些关于普鲁凡的故事,各家庭的联姻、旧日的政闻,他又转告给他的姐姐。所以他就在散步的时候说了一百遍,而且常常对同一的人说了好几次:“好吧,人家说什么呢?——好吧,有什么新闻?”回到家里,他就以疲劳的身躯投进客厅的一张安乐椅中,不过他的疲劳完全是体重的压迫所致。吃晚饭的时候到来,在客厅和厨房之中走了二十遍,细察钟点、往返的开闭房门。当姐弟参加城里的夜会时,他们就勉强的走回卧室;但是当他们缩小范围留在自己家里的时候,夜晚就变成难于涉渡的沙漠了。有的时候,从城里的夜会回家走过小广场的人听见罗格郎家里有叫声,好像是弟弟杀害姐姐似的,人家认出这是置于绝地的一位杂货商人的可怕的呵欠。在他们的腐败的齿轮之中,这两架机器是没有什么可研压的,他们只是发出叫声而已。弟弟说要结婚,但是却是无望的。他自觉苍老、疲惫：一个女人就吓坏了他。知道有一个第三者在家里的必要的雪丽薇于是就回想到她的表妹，普鲁凡的人从来没有问过他们关于表妹的消息，因为大家都相信小洛兰夫人和她的女儿两个人都已不在人间了。罗格郎·雪丽薇没有损失任何的东西，她是太乎地道的老小姐，她不会什么都糊涂！她装作重新找到洛兰夫妇的信的样子，因而能够自自然然的跟她弟弟谈到毕爱丽黛，她的弟弟差不多是非常的快乐能够在家里有一位少女。雪丽薇一半用商业的态度一半用情感的态度给老洛兰夫妇写信，把迟复的原因归咎到商业的结束、迁移普鲁凡的忙碌和生活的安顿之上。她显得愿意要她表妹在她身边的样子，让人家懂得如果罗格朗先生不结婚的话，毕爱丽黛总有一天可以得到一万两千佛郎的年金的承继。要知道姐弟二人是如何不耐烦的等待着他们的表妹洛兰的来临，就得有一两个关在植物园中除了看园人所给的猪肉以外没有其他的掠食物的野兽或是没有伙计让他斥骂的退隐的商人所有的精神，正如拿布楚顿诺梭尔一样。所以信发出之后的三天，姐弟两个人就已经互相询问到底他们的表妹什么时候可以到来。雪丽薇认为她所冒称的对于表妹的恩惠是一种法术，可以使普鲁凡的社会来到她的家里。

她到迪芬夫人家里去，迪芬夫人曾经用怨骂打击他们，她要在普鲁凡创立第一个会社，好像在日内瓦一样，在那里大吹大擂他们的表妹、洛兰上校的女儿毕爱丽黛的来临，痛惜她的不幸，装作喜欢给世界贡献一位美丽而年青的女承继人的模样。

“您太晚发现她了。”迪芬夫人傲慢的坐在壁炉旁边的沙发上，讥诮的回答。

分牌的时候低声的说了几句话，迦尔锡兰夫人就让人想起老奥夫莱的遗产的继承。法律公证人解释旅馆主人的不义。

“她在哪儿，这位可怜的小姑娘？”迪芬院长夫人谦恭有礼的问。

“在布列颠。”罗格郎说。

“但是布列颠是个大地方。”检察员勒苏尔先生说。

“她的祖父和祖母洛兰夫妇给我们写过信……这是什么时候，好姐姐?”罗格郎说。

忙于询问迦尔锡兰夫人哪里买到袍料的雪丽薇没有预先见到自己的回答的结果，就说：

“在售卖我们的店基之前。”

“然而您是等到三天之前才回答的，小姐!”法律公证人叫了起来。

“那里有一所救济老年人的养老院，”一位曾经当过南特补缺审判官的审判官说，“但是她不能够到那里去，因为那里只接纳过了六十岁的老年人。”

“她跟她的祖母洛兰夫人住在一起。”罗格郎说。

“她有一笔小财产，就是您的父亲……不，您的祖父所给她留下的八百佛郎。”法律公证人说着，故意的说错。

“啊!”罗格郎不懂得这句讽刺的话，傻里傻气的叫了起来。

“您难道不知道您表妹的财产和她的景况吗?”院长问。

“如果先生知道的话，他绝不会让她留在一间和救济院一般的房子里。”审判官严厉的说，“我记得曾经在南特看见一所属于洛兰先生夫妇的房子官价出售，洛兰小姐丢掉了她的债权了，因为我那时候是监卖人。”

法律公证人说到洛兰上校，他说：“如果上校活着的话，他一定很惊愕知道他的女儿住在一个类似圣约克的住处的地方。”于是，罗格郎姐弟就退了出去，说这世界太坏。雪丽薇懂得她的新计不大成功：她已经不在每一个人的脑筋之中了，从此以后，她不能够跟普鲁凡的高等社会交好了。从这一天起，罗格郎 姐弟不再隐瞒他们对于普鲁凡的中产阶级和他们的连属的家庭的仇恨。于是弟弟就告诉姐姐古罗上校和维纳律师对于迪芬夫妇、桂纳夫妇、迦尔锡兰夫妇、格宾夫妇和诸位儒里亚尔所再三歌咏的自由的歌曲。

“你说，雪丽薇，但是我真看不出为什么迪芬夫人否认圣登尼斯街的商业，她自己大部分的产业也就是从这里来的。她的母亲罗甘夫人是媚貓的威廉夫妇的表妹，他们把店基让给他们的女婿勒巴·约瑟。她的父亲就是这位法律公证人，于一八一九年卷逃使毕骆都家破产的这个罗甘。所以迪芬夫人的财产明明是偷来的，因为一位巧于规避而让她的丈夫假称破产的法律公证人的妻子到底是什么女人呢？这是所谓本领！啊！我瞧：她把她的女儿嫁到普鲁凡来，这是她和迪叶银行家的关系所生的结果。那些人却显得非常的得意；但是……总之，世界就是这个样子。”

自从罗格郎·登尼斯和他的姐姐雪丽薇开始痛骂“无赖的社会”那一天起，他们就不知不觉的变成了重要的人物，开始组织一个社会：他们的客厅渐渐的变成了寻求舞台的兴味的中心。这里，当日的杂货商人抓住了历史和政治的成分；因为他总是在不知不觉之中给一向都在犹豫不定的普鲁凡自由党一些力量和团结。原因是这样的。罗格郎姐弟的开端是古罗上校和维纳律师所特别注意的，他们的孤立和他们的思想是很接近的。这两个人是以同样的理由来宣传爱国主义的：他们都要变成大人物。但是，如果他们是生来可以当领袖的话，他们却缺乏兵士。普鲁凡的自由党有一位变成饮料店主的老兵士，一位旅馆主人，一位奥夫莱先生的竞争者法律公证人古尔南先生，反对马尔登纳先生的纳路医生，几位独立的人，散布全区各地的佃户和获得国产的人。上校和律师都高兴能够拉到一位可以用财产来帮助他们的举动，给他们捐钱，在某种情形之下试行难事，可以把房子拿来当党部的傻子，他们利用罗格郎姐弟对于本城的贵族的仇恨。上校、律师和罗格郎在合订《宪政报》方面已经有了一个联系，古罗上校不难使当日的杂货商人变成一个自由党，虽然罗格郎对于政治不大了解，不知道麦尔西尔外委的开发：他拉他做了同志。

毕爱丽黛的即将到来促成了这两位单身汉的无知和愚蠢所感应的贪欲的思想的孵化。看到雪丽薇在迪芬社会中失去立脚点的机会，上校就有了一个隐蔽的念头。老军人们曾经欣赏过许多国度的恶劣的事物、许多颦蹙歪嘴僵卧战场的尸体，他们不再害怕任何的身姿，而古罗也就瞄准了老小姐的财富。这位粗短的上校在耳朵上带有庞大的发环，然而却已经配有许多的毛丛。他那散乱而斑白的颊髯是一七九九年人家所叫的鱼鳍的。他那红肿的脸孔变得有点茶褐色，正如那些在柏勒西拿逃命的人所有的脸色一样。他那肥尖的肚皮在下面描绘出这位老骑兵军官的特点的直角形。古罗曾经指挥过第二轻骑兵队。他那灰色的胡髭隐蔽住一个庞大的“夸人”的嘴，如果我们可以用这唯一能够描写这深渊的老军队的流行语的话：他没有吃过，只有吞噬过！刀锋曾经劈削过他的贵鼻。他因此就变成低微而特别带鼻音的，好像方济各会的修士所有的声音一样。他那短阔的小手的确是那双可以使女人说“您真是坏人的手”的。他的腿好像是半身像下面的细肢。在这个粗大而轻快的躯壳之内摇荡着一个睿敏的精神，对于生活的事物所有的最完全的经验，隐藏在军人的表面上的不在乎的神色之下，和一个对于社会习尚的整个的轻蔑。古罗上校有一面勋级会军官十字勋章和二千四百佛郎的养老金、一千厄古的津贴费的财产。

瘦长的律师所有的天才就是他的自由主义的意见，他所有的唯一的岁收就是他的事务所所给他产生的有限的进款。在普鲁凡，法律代言人常常因为自己的事情打官司。因为他的政治主张，法院就不大听从维纳律师的话。所以，就是最信仰自由主义的佃农打起官司来，也宁可请教一位法院所信托的法律代言人，不敢问津维纳律师。据人家说，这位先生曾在古郎米尔引诱过一位富有的女郎，强迫她的父母把她嫁给他。他的妻子是查尔慈倍夫家的小姐，这是勃丽的一个老贵族的家庭，这姓氏是由圣路易出征埃及的时候一个有功绩的骑士得来的。她失去了父母的宠爱而受到责罚，她的父母故意让维纳知道把所有的财产都留给他们的长子，叫他负责把其中的一部分送给他的妹妹的儿女。所以这个人的第一个企图算是失败了。不久，受到穷苦的压迫，惭愧不能够给他的妻子一个适意的外表的装束，律师曾经落空的努力过，想要进入工部去开展他的事业；但是查尔慈倍夫家的富有的一支却拒绝援助他。这些信奉道德的保王党不赞同强勉的婚姻；并且他们的冒称的亲戚只叫做维纳而不叫做维纳爵士：怎么能够保护一位平民呢？于是，当律师想要借重他的亲戚的时候，他是一支一支的被他们婉辞了。维纳夫人只在一位查尔慈倍夫的女人家里找到兴趣，这女人是有一位少女的穷寡妇，她们两个人都住在特罗瓦。所以维纳有一天就回想到这位查尔慈倍夫夫人对于他的妻子的欢迎。不容于整个的世界，满腔怀恨他的妻子的家庭，拒绝给他地位的政府，不欢迎他的普鲁凡的社会，维纳只好接受他那穷苦的生活。他变成自由党，心里想他的幸运是和反政府派的胜利相联结的，而艰苦的生活在高城的一所恶劣的小房子里，他的妻子很少走出这房门。这位可以有美运的少女却一个人绝对孤单的和她的孩子一同留在家里。这些穷苦是她所高贵接纳、所快乐忍受的；但是，觉得对不起这受罪的少女的富于野心的维纳却隐存着一个秘密的热望：他的良心放大了，允许一切的成功手段。他的年青的脸孔改变了。有的时候，有的人在法庭之前看见他那扁头、裂嘴、穿透眼镜的眼光的面貌，听见他那激刺神经的固执的尖声，都不禁为之战栗。他那不大和蔼、满充着病态的一块黄一块绿的脸色宣泄出他那深伏的野心、他那不断的虚望和他那隐瞒的穷苦。他善于无理取闹，善于饶舌；他的谈话既不缺乏摹线形，也不缺乏图像；他是有知识的、狡狯的。习惯于设计一切来满足发迹的欲求，他是能够变成一个政客的。一个不在任何东西之前退缩（只须是合法的）的人是强有力的：维纳的力量就是从这里来的。这个未来的善辩的议员，一个应当宣扬奥黎昂支派的王位的人，对于毕爱丽黛的命运却有可怕的影响。目前，他要找到一个武器，在普鲁凡创办一家报馆。从远处研究了帮助他的上校和这两位单身汉之后，律师终于打算在罗格郎身上找依靠。这一次，他却在七年的多次叫唤没有面包的日子之后跟他的客人算账，而他的穷苦也应当是结束了。正当古罗在小广场上对维纳报告罗格郎和高城的中产阶级的贵族跟内阁派的党徒决裂的那一天，律师就极有意义的的用肘子压住上校的腰。

“是这个女人也好，是那个女人也好，是美女也好，是丑妇也好，这在您都是一样的。”他说，“您应当娶罗格郎小姐，然后我们就可以在这里干些事儿……”

“我想到这个，但是他们叫他们的女承继人、可怜的洛兰上校的女儿来。”上校说。

“您可以让人家用遗嘱的方式把财产交给您。啊！您可以有一所相当充实的房屋。”

“并且，这位小姑娘，好，您可以看出来。”上校用轻侮和卑鄙的神色说，这神色可以告诉老练的维纳，这位小姑娘在老兵士的眼里是如何渺小的。

自从她的父母进了救济院去悲惨的结束他们的生命之后，年青而骄傲的毕爱丽黛就这样可怕的忍受着被人怜悯的救济的生活，她实在是非常高兴的知道有个富裕的亲戚。知道了她的动身，她的童年的游伴、少校的儿子、南特的小木匠布里古就来赠送她坐车旅行所必要的款项六十佛郎。这笔款是当学徒的人好不容易才积蓄下来的小资，是毕爱丽黛用一种真正友谊的、不在乎的态度所接受的，同时可以指示在同一的情况之下她会因致谢而发怒的。布里古曾经每星期日都到圣约克来跟毕爱丽黛游玩，来安慰她。严厉的工人已经学到了为情感而无意选择的对象所应有的完全而忠实的保护。已经不只一次了，毕爱丽黛和他都于星期日坐在公园的一个角落中，在他们的将来的布块上刺绣着他们的幼稚的计划：木匠的学徒骑在他的刨削器上周游世界，到处为着等待他的毕爱丽黛而寻找财宝。一八二四年十月，当她完结了她的十二岁年龄的时候，毕爱丽黛就被两位老年人和一位年青的木匠交托给从南特到巴黎去的邮车的驭夫，请求驭夫在巴黎把她转交给到普鲁凡去的邮车，好好的照应她。可怜的布里古！他和狗一般的跟在邮车的后面奔跑，看着她一直到看不见的时候为止。不管布列颠小姑娘给他挥了多少次的手号，他总一直跑了离城一法里远的道路；当他精疲力竭的时候，他那带泪的眼睛还给看不见他而痛哭的毕爱丽黛投去了最后的一顾。毕爱丽黛把头伸出车门，她又发现她的朋友两只腿插在地上看着笨重的邮车驶去。洛兰夫妇和布里古都不大认识生活，结果这位布列颠女郎到达巴黎的时候身边已是一文莫名的了。女孩子告诉驭夫她的阔绰的亲戚，驭夫就替她垫付巴黎的旅馆费，叫特罗瓦邮车的驭车还他这笔钱，再托他把毕爱丽黛交给她的家，到那里去要回这笔垫款，完全跟一个转动的钱柜一样。离开南特的第四天，星期一的九点钟，一个王家转运公司的粗大的老车夫就当人家在大街中卸下普鲁凡站的货物和旅客的时候拉了毕爱丽黛的手，领着她到罗格郎家里来；她没有其他的行李，只有两件袍子、两双袜子和两件衬衫。罗格郎家的所在是站长告诉她的。

“对不起!”驭夫说,“我的车等着我,请您签字吧。”

“早上好，小姐和诸位同伴，”驭夫说，“我给您领一位表妹来，就是这个：真的，她真可爱。您得给我四十佛郎，虽然您的小姑娘没有什么重行李；请您给我在单上签个字吧。”

雪丽薇小姐和她的弟弟不禁惊喜交集。

“对不起！”驭夫说，“我的车等着我，请您签字吧，请您给我四十七佛郎六十生丁……还有随意拿一些给南特的驭夫和我，因为我们是和自己的孩子一样的照顾小姑娘的。我们先垫了她的宿费、膳费、到普鲁凡来的车费和一些其他的小费用。”

“四十七佛郎十二苏！……”雪丽薇说。

“您不讲价吗?”驭夫叫着说。

“账单呢?”罗格郎说。

“帐单吗？您瞧这账目。”

“因为你要讲你的，你就付这笔钱吧！”雪丽微对她的弟弟说，“你看得清楚，只有付钱，没有别的方法。”

罗格郎走去寻找四十佛郎十二苏。

“那么，我的伙伴和我，我们自己得不到一个子儿吗?”驭夫说。

雪丽薇从她那满堆着钥匙的老丝绒钱包的深处掏出了四十苏。

“谢谢！留着用吧。”驭夫说，“我们更喜欢为着小姑娘自己而照应她。”

他拿了他的账单，一边出去，一边对粗胖的女仆说：

“这里算是一间小板屋！但是这里还有一些埃及以外的鳄鱼！”

“这些人真粗鲁！”雪丽薇听见驭夫的话就这样的说。

“好家伙！如果他们照应过小姑娘！”阿娣尔回答说，把她的拳头放在臀部上。

“我们不是生来要跟他一块儿活着的。”罗格郎说。

“您要让她在哪里睡觉呢?”女仆说。

这就是洛兰·毕爱丽黛来到表姐表哥家里，受到他们的接纳的情形。他们呆傻的瞧着她，把她像一包行李一般的扔在家里，在圣约克她所居住的祖父母身边的那间可怜的房子和这间在她看来好像是宫殿一般的表姐表哥的饭厅之中并没有任何的转变。她是手足无措而害臊的。在这里，除这两位当日的杂货商人以外，在一切的人看来，这位布列颠的小姑娘在她那蓝色粗毛布的裙子，玫瑰色亮棉布的盖膝布、粗大的鞋子、蓝色的袜子、白色的围巾、包在驭夫所给她购买的白边红色的毛织无指手套之内的红色手中实在是值得敬慕的。真的！人家给她在巴黎洗过的小小的布列颠帽子（在南特的旅程中弄旧了的）就好像是她那快乐的脸孔上的顶上圆光。这乡土的帽子是细麻布制成的，饰有坚固的花边，而用大平管折成的；这帽子是值得描写的，因为他是漂亮而简单的。从帆布和花边漏进的光线产生了一种半阴影，一种映在脸色上的温和的微光；这给她一种画家们在画架上所寻找的处女的温柔，罗伯尔·黎奥保尔在他的《收获者》中居然能够找到一个代表抱小孩的女人的脸孔的温柔。在这个透光的框架下焕发着一个白皙而带玫瑰色、天真而健康的脸孔。皮肤的热气领着血液一直流涨到两个精致的耳朵的旁边、嘴唇、细致的鼻尖，由这鼻子的反照，使活泼的脸色显得越加白皙。

“好吧，你没有话跟我们说吗？”雪丽薇说，“我是你的表姐罗格郎，这是你的表哥。”

“你要吃东西吗？”罗格郎问她。

“你几时离开南特的？”雪丽薇问。

“她是哑巴。”罗格郎说。

“可怜的小姑娘，她一点儿也没有装饰品。”粗胖的阿娣尔打开老洛兰的手绢所捆好的一包，说。

“吻你的表哥吧。”雪丽薇说。

毕爱丽黛吻了罗格郎。

“吻你的表姐吧。”罗格郎说。

毕爱丽黛吻了雪丽薇。

“她被旅行的疲倦弄乱了，这位小姑娘；她有点需要睡觉的样子。”阿娣尔说。

毕爱丽黛忽然对于这两位亲戚感到一种不可克服的厌恶，任何人也还没有给她灵感过的一种情绪。雪丽薇和她的女仆去把这位布列颠的小姑娘安顿在第三层楼布里古看见有白色棉布窗帘的房子里去睡觉。这里有一张客床，上面有挂着棉布账幕的漆成蓝色的矢形楼尖。这里有一只没有云母石面的胡桃木的衣橱，一张胡桃木的小桌子，一面照身镜，一只没有门的普通的夜几和三张破旧的椅子。前面有房顶楼的那个屋墙裱有蓝色的劣纸，上面有许多的黑花点。上颜色而涂蜡的石板地使人们的脚发冷。除了布边的薄床毯之外没有任何其他的地毡。普通的云母石壁炉台上点缀有玻璃镜、两个镀金的铜炉台、一个普通的白玉杯，那里有两只喝水的鸽子代表半椭圆的弧形，这白玉杯是雪丽薇在巴黎的房子里所有的。

“你在这里好吗，我的小姑娘？”表姐对她说。

“噢！这很好。”女孩子用银一般的声音回答说。

“她不是乖癖的。”粗胖的勃丽女人呻吟的说。“不是得给她用汤婆子烘床吗？”她问。

“是的，”雪丽薇说，“被单说不定是潮湿的。”

阿娣尔带了她的一个头巾和汤婆子，一向只睡过布列颠的粗布被单的毕爱丽黛也被棉布被单的柔软所惊异了。当小姑娘安顿就睡的时候，下楼的阿娣尔不由得叫了起来：

“她的全部财产还值不得三佛郎，小姐。”

自从采用她的节流制度之后，雪丽薇把她的女仆留在饭厅里，因而可以只点一盏灯、只生一个火。但是当古罗上校和维纳来的时候，阿娣尔就退到她的厨房里去了。毕爱丽黛的来临使夜晚的剩余的时间变成有生气的。

“明天记得给她制一套行装，”雪丽薇说，“她是什么也没有的。”

“她只有一磅重的穿在脚上的一双鞋。”阿娣尔说。

“在那个地方，就是这个样子的。”罗格郎说。

“她就那么样的瞧着她的房子，好像这房子还不够美丽让您的一位表妹住似的，小姐！”

“这才好哩，别胡说。”雪丽薇说，“您看得清楚她很喜欢这房子。”

“好家伙，什么衬衫！这一定会刮破她的皮肤；但是这是一点儿也没有用处的。”阿娣尔说着，翻空着毕爱丽黛的包袱。

男主人、女主人和女仆一直忙到十点钟都在讨论衬衫是什么布做成的，值多少钱；袜子一共有几双；衬裙是什么布做成的，一共有几条，都在计算毕爱丽黛的行头一共值多少钱。

“至少得有三百佛郎，你才能够算清这个账。”罗格郎对他的姐姐说，他数着每件东西的价值，用他的老习惯依照记忆加在一起。

“三百佛郎？”雪丽薇叫了起来。

“是的，三百佛郎！你算算看。”

姐弟两个人又开始计算，的确是三百佛郎，没有错误。

“三百佛郎一网打尽！”雪丽薇说着，就在这句格言式的话语所表达的相当技巧的思想之中睡下了。

毕爱丽黛是一位因为温柔、活泼、快乐、高贵、忠心而产生爱情的钟情的孩子；任何东西都还没有改变，也没有冰凉她那几乎是野蛮的精细的心田，她的两位亲戚对她的欢迎非常苦痛的压迫着她这颗心。如果在她看来布列颠是满充着穷困的话，他却同时是满充着情感的。如果老洛兰夫妇是最庸劣的商人的话，他们却是世界上最富于情爱、最坦白诚恳、最和蔼的人，正如一切没有计算的人一样。在明脑埃尔，他们的孙女除了大自然以外并没有任何的其他教育。毕爱丽黛随意的坐在船上在湖里闲游，她和她的游伴布里古·约克一块儿在市镇、在田里奔跑，简直和保罗跟维尔志妮一样。他们受到大家的庆祝和疼爱，他们和空气一般的自由，他们追求着成千的童年的快乐：夏天，他们看钓鱼去，他们捉小虫，采集花束，从事园艺；冬天，他们营造溜冰场，用雪团建筑快乐的宫殿和人物，互相飞打。他们总是受欢迎的，他们到处得到人家的微笑。到了学习的年龄，悲愁就降临了。父亲去世给他夺去了他的财源，约克就被他的亲戚们送到一间木厂里去学习木匠的工艺，受到人家的慈善的养育，正如毕爱丽黛后来在圣约克一样。但是，甚至于在这个特殊的救济院中，可爱的毕爱丽黛还是被大家所优待、所疼爱、所保护的。这位习惯于感情生活的小姑娘，并没有在她所切望的这两位亲戚家里、这样富裕的亲戚家里，找到一切的人甚至于外乡人和邮车的驭夫所给她的这种态度、这种谈吐、这种视线。所以，已经有相当程度的惊愕又随着她所进入的道德空气的改变而更加复杂化了。心田忽冷忽热，身体也是如此。可怜的孩子不知道什么缘故只是想哭：她太累了，她睡觉。正如一切生长在乡间的孩子一样，她习惯于早起，毕爱丽黛第二天比女厨还早两个钟头就醒来。她穿上衣服，在表姐卧室上面的自己的房子里踱来踱去，看着小广场，想方法下楼，而为扶梯的美丽愣住了；她细密的端详着扶梯的一切的枝节，圆形的饰物、铜棍、装饰、油漆等等。然后她就下了楼。她没有开得了花园的门，又登上了楼；当阿娣尔醒来的时候，她又下了楼，跳到花园里去；她迷住了，一直跑到河岸去，惊讶的看见一所亭榭，也就走了进去；她一直观看，一直惊愕她所遇到的东西，到她的表姐起床的时刻为止。吃早饭的时候，表姐对她说：

“是你天一亮就在扶梯上奔跑，吵了人家吗，小白菜？你把我吵醒了，我怎么样也不能够再睡。你得乖一点、疼人一点，玩着不要弄出声音。你表哥不喜欢吵闹。”

“你也得小心你的脚。”罗格郎说。“你穿着满染泥土的鞋到亭榭里去，你把你的足迹留在花草上面。你表姐喜欢干净。像你这样的一个大姑娘应当干净点。你在布列颠难道不干净吗？但是，真的，当我到那儿去购买丝线的时候，我瞧了这些野蛮人真是动了我的恻隐！无论如何，她有好胃口，”罗格郎瞧着他的姐姐说，“人家要说她已经三天没有吃东西了。”

所以，毕爱丽黛一开始就被表姐表哥的话伤了她的心，并且不知道是什么缘故而伤了心的。一直到此刻为止都只注意到自己的她那率直而坦白的本性，并不认识什么反复思考。她不知道什么事得罪了她的表姐和表哥，她得慢慢的用苦痛来教导自己。早饭之后，因为毕爱丽黛的惊愕而高兴忙于享受这快乐的表姐和表哥就指示她这间美丽的客厅，教她尊敬这客厅的奢靡。因为孤立的生活需要对什么事物发生兴趣，这两位单身汉就渐渐的用造作的矫情来代替自然的情感，来爱好猫狗、黄雀、他们的女仆或是他们的指导者。罗格郎和雪丽薇因此就养成了一种放肆的爱情，特别爱护他们的家具和他们的房子，因为这些东西给他们花费了这么多的金钱。雪丽薇结果就帮助阿娣尔工作，因为她发现阿娣尔不会打扫家具、洗刷家具去维持其簇新的状态。这清除的工作不久就变成了她的职务。所以，这些家具不但没有损失他们的价值，反而可以赚钱！她的问题就是在于利用家具而不直接用他们，不污玷他们，不破损木料，不磨削油漆。这种职务不久就变成了这位老小姐的奇癖。雪丽薇在她的柜子里藏有一些破毛布、油蜡、釉药和刷子；她有她的毛掸子和拭东西的布巾；总之，她拭刷着，然而却不会发生任何伤毁的事体，她太专家了！她那和钢铁一般冰冷严酷的蓝眼睛的光芒差不多是时时刻刻的溜进家具的底下的；所以，您可以在她的心中找到一条比牧人手中的牵羊索还要敏感的线索。

因为在迪芬夫人家里受到讥刺，雪丽薇怎么也不能够在三百佛郎之前让步。第一个星期，雪丽薇就整个的忙于制袍子，试穿衣服，剪裁衬衫和衬裙，叫女工们白天缝制。毕爱丽黛总是糊里糊涂的，她不会缝衣服。

“她养育得真好!”罗格郎说，“所以，你就什么也不会吗，我的小鹿?”

只懂得爱恋的毕爱丽黛只用少女的娇态回答。

“那么，你在布列颠是怎样过日子的呢?”罗格郎问她。

“我玩，”她天真的回答，“大家都跟我一块儿玩。我祖父和我祖母，他们都给我讲故事。啊！人家非常喜欢我。”

“啊!”罗格郎回答说，“所以你就做最容易的事。”

毕爱丽黛不明白这句圣登尼斯街的调皮话，她睁开两只大眼睛。

“她是蠢若鹿豕的。”雪丽薇对普鲁凡一位最出色的女工保兰小姐说。

“她年纪真轻!”女工瞧着毕爱丽黛说。毕爱丽黛的精致的小嘴狡狯的向她伸吻。

毕爱丽黛喜欢女工们是在喜欢两位亲戚之上的；她给她们撒娇，她瞧着她们做活，她给她们说了这些已经被罗格郎和雪丽薇用恐惧压制的代表童年之花的妙语，因为他们喜欢给下属人印上一个致命的恐怖。女工们非常喜欢毕爱丽黛。不过，这些行装也并不是没有经过可怕的感叹而制成的。

“这位小姑娘要让您费心眼。”雪丽薇对她的弟弟说。“——别闹，我的小姑娘！真是魔鬼，这是为你，不是为我，”当人家预备给毕爱丽黛齐整服饰的时候，雪丽薇就对她说，“——你让保兰小姐做活吧，不是你付她工钱!”当她看见毕爱丽黛问女工头要什么东西的时候，就这样的对她说。

“小姐，”保兰小姐说，“用不用在这里缝几针?”

“用，缝结实一点，我并不想每天做一套新衣服。”

对表妹是和对房子一样的。毕爱丽黛应当装饰得和迦尔锡兰的小姑娘一样。她有时髦的半节靴，是古铜色的皮革制成的，正如迪芬小姑娘所有的一样。她有非常雅致的线袜、一个最巧的女工所制的胸衣、一件蓝绸的袍子、一条白绸里的好看的围巾，总之都是为着和年青的儒里亚尔夫人竞争的。所以下面是和上面相调和的，因为雪丽薇只怕各家庭的主妇的细察和瞟视。毕爱丽黛有厚棉布的好看的衬衣。保兰小姐说：县长夫人的小姑娘们都穿着绣花加饰的细棉布的裤子，是最后的式样。毕爱丽黛有带套袖的裤子。人家替她定制一顶白绸里的蓝色丝绒的迷人的帽子，和马尔登纳小姑娘的帽子一样。所以，毕爱丽黛就变成了全普鲁凡最甘美的小姑娘了。星期日走出礼拜堂的时候，一切的贵妇人都吻着她。迪芬夫人、迦尔锡兰夫人、迦拉尔顿夫人、奥夫莱夫人、勒苏尔夫人、马尔登纳夫人、格宾夫人、儒里亚尔夫人，大家都溺爱这位迷人的布列颠姑娘。这个骚乱激励了老雪丽薇的自尊心，她在她的恩惠中是看重虚荣的胜利，并不是看重毕爱丽黛的。然而雪丽薇终于因为她的表妹的成功而发怒了。原因是这样的：人家总是问她毕爱丽黛，而她也总是为着战胜这些贵妇而赞许毕爱丽黛。人家来寻找毕爱丽黛，毕爱丽黛参加牌戏，和这些贵妇的小姑娘们一块儿宴会。毕爱丽黛的成功和罗格郎姐弟的成功相比较，有个无穷的优势。雪丽薇看见人家在别人家里邀请毕爱丽黛而不到自己家里来寻找毕爱丽黛，不免大受刺激。天真的女孩子并没有隐蔽她在迪芬夫人、马尔登纳夫人、迦拉尔顿夫人、儒里亚尔夫人、勒苏尔夫人、奥夫莱夫人、迦尔锡兰夫人的家里所尝到的乐趣，她们的友谊是奇异的、和表姐表哥的斥骂相反的。一位母亲一定会因为孩子的幸福而快乐的，但是罗格郎姐弟是为他们自己，并不是为毕爱丽黛而叫她来的：他们的情绪并不是父道的，乃是染有自私主义和一种商业的投资的。

美丽的行头、星期日的好看的袍子和平日所穿的衣衫开始酿成了毕爱丽黛的不幸。一切的小孩子都是放任自己去娱乐的，都是惯于顺从他们的幻想的灵感的，所以她就奇快的用毁了她的鞋、她的半统靴、她的衣衫，特别是她那带袖的裤子。一位斥骂孩子的母亲只是为着他而设想的；她的语调是温和的，她只是在孩子走向极端而做下许多错事的时候斥骂他；但是在服装的大题目下，表姐表哥的金钱却是第一个理由：这是为着他们自己，而不是为着毕爱丽黛的。孩子们有狗一般的敏锐的嗅觉，可以闻出管治他们的人的错处：他们感觉得清清楚楚到底他们是不是被爱或是被容忍。纯洁的心田被隐约的变迁所刺激，是比整个的对照更为厉害的：一个孩子并不懂得苦痛，但是他知道什么时候人家伤害他的本性所有的美的情绪。毕爱丽黛所听到的关于一位教养得宜的少女所应有的服装，关于素朴节俭的劝告，其实是这个主题所引申出来的推论：“毕爱丽黛毁了我们!”这个对于毕爱丽黛有悲惨的结果的斥责又把这两位单身汉引回当日的商业的旧习惯上面来，这习惯曾经随着他们移居普鲁凡而休止，现在却要在这里开花繁荣了。

罗格郎和他的姐姐是惯于支配、惯于观察、惯于下命令、惯于严酷谴责他们的伙计的，没有牺牲品他们就活不了。小人需要可以运用神经的专制，正如君子之为心灵的活动而渴望平等。狭小的人们可以在迫害和恩惠两方面同样的发展；他们能够对别人用残暴或是用慈善来尝试他们的力量，但是这力量却是随着他们的气质而走的。再加上利益为媒介物，您就可以了解大部分的社会事态。从此之后，毕爱丽黛就变成了她的表姐表哥所得以生存的非常必要的物品了。她来了之后，罗格郎姐弟都忙于她的行头，后来他们却被她的无经验而收紧了。一切新东西、一个情感甚至于一个统治的情绪，都有退缩的时候。雪丽薇最初叫毕爱丽黛为“我的小姑娘”，后来却不叫“我的小姑娘”，只简简单单的说声“毕爱丽黛”。最初的甘酸的遣责却变成了暴烈而残酷的。一旦走上了这一条路，姐弟两个人就有了长足的进步：他们不再自相苦恼了！这不是怙恶的人的阴谋，而是愚笨的暴虐的本能。姐弟二人自信对于毕爱丽黛是有恩惠的，正如当日他们相信对于学徒有恩惠一样。毕爱丽黛的真切高贵而过分的感性正与罗格郎姐弟的干燥相反，她受到可怕的责骂；她是这么样剧烈的受到呵斥，两颗泪珠马上就湿透了她那纯洁的美眼。在抑制她那取悦外人的可敬的活泼之前，她有极大的争斗，她把她的活泼发展在她的小朋友的家里，但是在自己家里，第一月的月底她就开始被动的生活着，罗格郎还问她到底是不是生了病。听了这句奇异的诘问，她就躲到花园里去，到河畔去流泪，她把泪珠堕落在河水之中，就好像有一天她要自己堕落在社会的激流之中一样。虽然她是小心翼翼的，有一天，天气好，她到迪芬夫人家里去游玩，却不意把绸袍子弄破了一块。她立刻号啕大哭起来，预先看到在家中等着她的严厉的责骂。被人家询问之后，她就在哭声之中吐露了几句关于可怕的表姐的话。美丽的迪芬夫人也有同样的绸布，她就用自己的布幅给换上。罗格郎小姐知道了这个小妖精所要的把戏（根据她自己所说的话）。从这时刻起，她就不再让毕爱丽黛到这些贵妇家里去。

毕爱丽黛要在普鲁凡过的新生活可以分为三个不同的阶段。第一阶段就是渗杂着这两位单身汉的冷淡的抚摸和斥责的一种幸福的日子，这一阶段经历了三个月。表姐和表哥说她必须开始学习一位受良好教养的少女所应当知道的一切，他们拿这个做理由禁止她去探视她的小朋友们，于是，毕爱丽黛在普鲁凡的生活的第一个阶级也就结束了，这在她看来是唯一可以忍受生存的时期。

这是随着毕爱丽黛的居留而产生的罗格郎家的内部的变化。维纳和上校就用打算走进穴窟而忧愁看见一个新动物的狐狸的细心来研究这变化。两个人都是远远的来，只怕激怒了雪丽薇小姐；他们用不同的借口来给罗格郎谈天，用大达尔杜夫所钦佩的保守和礼貌来装作主人的神气。上校和律师就在雪丽薇用辛涩的言词拒绝毕爱丽黛到美丽的迪芬夫人家里去的那一天，在罗格郎姐弟家里参加夜会。听到了这个拒绝，上校和律师就用熟识普鲁凡的人的资格互相瞟了一眼。

“她的确要给您出个丑。”律师说，“我们早就预先告诉过罗格郎这结果。跟这些人搭伴，得不到好处。”

“还等反国家主义派什么呢?”上校叫了起来，卷缩着他的胡髭，打断了律师的话。“如果我们想方法让你们离开他们的话，你们一定以为我们是仇恨的动机才对你们这样说的。但是，小姐，如果您愿意组织小社会的话，您为什么晚上不在家里打保斯顿纸牌呢？难道请几个人来代替儒里亚尔这一类傻子是不可能的吗?维纳和我，我们懂得打保斯顿牌，我们可以找到第四个人。维纳可以给您介绍他的妻子，她是可爱的，又是查尔慈倍夫家的小姐。您不必学高城的丑妇一样的办法，您不必询问一位因为家庭的丑事被迫在家里操劳而兼有狮子的勇敢和绵羊的温柔的小妇人到底有多少公爵夫人的服装。”

罗格郎·雪丽薇露出她那黄色的长牙，朝着上校微笑；上校恰当的支持着这种可怕的现象，甚至于装出了逢迎的神色。

“如果我们只有四个人的话，我们不能够每天晚上都打保斯顿。”她回答说。

“您要我这个靠津贴费吃饭的老近卫兵有什么办法呢？律师晚上总是空闲的。并且，您总可以找到许多人，我担保。”他又用神秘的态度加上一句说。

“只要，”维纳说，“坦白的站在普鲁凡内阁派的对面，抵抗他们就够了。您就可以看出普鲁凡人是如何的爱护您，您就可以有许多的人。您可以和迪芬夫人的客厅对抗而使迪芬夫妇发疯。好吧，我们可以讥笑别人，如果别人讥笑我们的话。并且，这‘无赖社会’也不会再妨碍您!”

“这怎么说的?”

在外省，让水从一个社会流到另外一个社会去的不只是一个活塞。维纳知道如何驱逐这两位杂货商人的客厅里对于罗格郎姐弟所有的批评。补缺审判官、考古学家德斯方特里伊并不属于任何的党派。正如其他没有派别的人一样，这位审判官就以外省人的习惯传述着他所听到的一切的话，让维纳来利用。这狡狯的律师就传诵着这些笑话，加以恶毒的油醋。在揭破罗格郎和雪丽薇所受到的欺罔之中，他点起了这两位干燥本性的人物的怒火，唤醒了他们的报复的精神，这两位单身汉需要一些粮食来供养他们的狭小的感情。

几天之后，维纳带了他的妻子来。她是一位受过教育、懦怯、不丑不美、非常温和而锐敏的感觉自己的不幸的女人。维纳夫人是金栗色的，因为穷苦的家庭操作而显得疲惫，穿得非常的平凡。任何女人都不够比她更使雪丽薇喜欢。维纳夫人忍受着雪丽薇的气焰，以惯于收缩的女人的资格在她的手下退让。在她那圆形的额头之上，那班加尔玫瑰色的两颊之上，那迟钝而柔和的眼睛之中，有一些深刻的沉思，惯于受苦的女人淹埋在绝对的寂寞之中的这种伶俐的思想的痕迹。上校表面上装着军人的粗暴，实际上却给雪丽薇施展着逢迎的柔情，他和率直的维纳，他们两个人的影响不久就到达毕爱丽黛的身上来了。毕爱丽黛被关在家里，出门的时候总有老表姐陪着她，这美丽的松鼠却随时受到“别动那个，毕爱丽黛!”和对于她的行止的不断的训诲的袭击。毕爱丽黛弯着胸脯、张着背部；她的表姐要她和自己一样的直，好像一位给上校献上武器的兵士一般；有的时候，表姐就在她的背上轻轻的敲了几下，叫她笔直。自由而快乐的马勒少女却学着抑制自己的动作，模仿一个设有机关的傀儡。

一天晚上，夜会的时候，三位串门客没有看见毕爱丽黛在客厅里。临睡之前，毕爱丽黛来给她的亲戚接吻，来给大家行礼。这一夜就是她的第二阶段的开始。雪丽薇冷淡的给这位孩子伸过她的面颊，好像要躲开她的接吻似的。这姿势含有这样的残忍的意义，毕爱丽黛不禁淌出眼泪。

“你生气了吗，我的小姑娘毕爱丽黛?”残酷的维纳说。

“你怎么啦?”雪丽薇严厉的问。

“没有什么。”可怜的孩子说着，走去吻她的表姐。

“你怎么啦，我的小美人?”维纳夫人问她。

“我的阔表姐并不像我的穷祖母那样的待我!”

“您的祖母拿光了您的财产，”雪丽薇说，“然而您的表姐却要把她的财产留给您。”

上校和律师偷偷的互相瞟了一眼。

“我宁可让人家偷我的东西而爱我。”毕爱丽黛说。

“好吧，人家可以把您送回您的本地去。”

“但是她到底做了什么，这位可爱的小姑娘?”维纳夫人说。

维纳给他的妻子投去一道实行绝对统治的人的可怕、呆定而冰冷的眼色。不能从她身上得到唯一的东西（财产）而被人不断的责骂的可怜的奴隶又拿起了她的纸牌。

“她做了什么吗?”雪丽薇叫了起来，她是这样突然的仰起头来，帽上的黄色丁香花也就不由得颤动了。“她不知道发明什么方法来逆忤我们：她把我的表打开，来看里头的机器，她动了表轮，打断了发条。小姐什么话也不听。我整天的教她提防一切，这就好像对牛弹琴一般。”

在客人面前被责备而觉得羞惭的毕爱丽黛就偷偷的走了出去。

“我问我自己，到底有什么法子可以克制这个孩子的吵闹。”罗格郎说。

“但是，她的年纪相当的大了，她可以到宿舍里去住。”维纳夫人说。

又是维纳的一道眼色强制着他的妻子缄口，他提防，没有把自己和上校对于这两位单身汉的计划告诉她。

“原来负责教育别人的儿女就是这么样的结果!”上校叫了起来，“你们还能够有自己的孩子，您或是令弟；你们为什么都不结婚呢?”

雪丽薇非常温和的瞧了上校一眼：平生第一次她遇到一个认为她的结婚的念头并不是妄想的人。

“可是，维纳夫人所说的话并没有错，”罗格郎叫了起来，“这可以使毕爱丽黛安静。请一位先生花不了多少钱!”

上校的话太使雪丽薇注意了，她没有回答罗格郎。

“只要你们愿意给我们所提的反对派的报纸交保证金，你们就可以找到一位负责的编辑当你们的小表妹的教师；我们要聘请这位当僧侣的牺牲品的小学教员。——贱内说的对：毕爱丽黛是一块必须加以琢磨的金刚钻。”维纳对罗格郎说。

“我相信您的确是一个男爵。”雪丽薇在人家分牌、每一个赌徒都在沉思的一个长时间的休息之后对上校说。

“是的。不过是在一八一四年，曾经在我的军队里建下大功的南吉战役之后受到的封爵，我有金钱和必要的后台老板让我完成叙诠局的手续吗？要恢复男爵的爵位和一八一五年我所得到的将军的衔头，都得有一个革命。”

“如果您要用抵押品来保证的话，”罗格郎最后回答说，“我可以做得到。”

“但是，这可以跟古尔南商量商量。”维纳答辩说，“这报馆可以使上校得胜，也可以使您的客厅变得比迪芬夫妇和他们的党羽的客厅更有势力。”

“这怎么讲呢？”雪丽薇说。

正当维纳夫人分牌给大家，律师给大家解释罗格郎、上校和他三个人在刊行普鲁凡一种独立的报纸中所会得到的重要性的时候，毕爱丽黛却融化在眼泪之中；她的心田和她的智慧一致：她觉得表姐比她更有错误。马勒地方的孩子本能的懂得慈善和恩惠应当是如何的绝对。她愤恨她那美丽的衣衫和人家所给她做下的一切的事情。人家的恩惠是要太多的代价的。她忧愤的痛哭着人家对她所施的手段，决心要用方法使她的亲戚不敢作声，这可怜的孩子！她就想到布里古把自己所节省的钱送给她是如何的伟大。她以为她的不幸已经到达了极点，没有知道这时候在客厅里又给她决定了一个新的不幸。几天之后，毕爱丽黛果然有了一位教师。她得学念书、写字、算数。毕爱丽黛的教育在罗格郎家里引起了极大的损失。桌上、家具上、衣服上都是墨水，还有当她上课时的到处的练习簿、到处的笔、布上的笔粉、撕破的书和毁伤的书角。人家已经告诉她（这是用什么语词说出来的啊！）赚钱吃饭的必要、不使任何人受累的必要、听了这些恶心的意见，毕爱丽黛觉得喉咙发痛，有一个剧烈的紧缩，她的心急速的跳动。她勉强忍住眼泪，因为人家要跟她算这泪账，认为是对伟大的亲戚的慈悲而下的攻击。罗格郎找到了他所特有的生活方式：他斥责毕爱丽黛就好像当日斥责他的伙计一样；他从她的游戏中把她找来强制她去念书，他叫她温习功课，他是这位可怜的孩子的凶猛的教师。在她一方面，雪丽薇认为有责任来教导毕爱丽黛一些她所知道的女红。罗格郎和他的姐姐的性格都不和蔼。这两位在作弄可怜的女孩子之中得到实在的快乐的狭小的人物，就在不知不觉中从温和变成非常的严厉。据说他们的严厉是由这个孩子的坏性情激引出来的。这位孩子的智力虽然发达得太晚，却非常的结实。她的教师们不知道如何给功课，如何给一种合于学生的智慧的形式，这形式正是个别的教育和公共的教育所以不同的地方。所以毕爱丽黛的错误小，她的亲戚的错误大。于是她就花费了无限的时间去学习一些开蒙的知识。为着一件小事，人家就说她愚蠢、迟笨、呆傻和钝拙。毕爱丽黛不断的受到恶语的虐待，她只在两位亲戚身上遇到冰冷的目光。她就采取了包藏祸心的人的愚笨的态度：看着人家的恶评、不欢迎、误解她的举动，她再也不敢做什么了。无论什么事情，她都等着表姐的欢心、表姐的命令，她只在心里思想，养成了一种被动的服从。她那光艳的色泽开始凋谢了。有的时候，她埋怨说身中发痛。当她的表姐问她“哪儿痛?”的时候，感觉周身苦楚的可怜的小姑娘就回答说：

“到处。”

“人家看见过到处都痛的吗？如果您全身到处都痛的话，您早就死了!”雪丽薇回答说。

“人家胸部发痛，”批评家罗格郎说，“或是牙痛、头痛、脚痛、肚子痛；但是人家从来就没有看见过全身到处发痛的！这是什么意思，到处？到处发痛，这就是什么地方都不痛。你知道你做什么吗？你说的话简直是毫无意思。”

眼看着她那生长的精神的花朵，她那少女的幼稚的观察不受人家的欢迎，她觉得未免有点滑稽，也就哑口无言了。

“你哼哼发痛，然而你却有和尚一般的好胃口！”罗格郎对她说。

唯一不伤刺这位可爱而温柔的花朵的就是粗胖的女仆阿娣尔。阿娣尔用汤婆子烘暖这位小姑娘的床，但是自从雪丽薇惊愕的发现她这样的厚待年青的女承继人而对她大发雷霆之后，她也只敢偷偷的烘被了。

“得教导孩子们吃苦，人家就可以这样的使他们养成坚毅的气质。难道我和我的弟弟，我们的身体更不好吗？”雪丽薇说，“您要把毕爱丽黛弄成一个毕西林。”

这是罗格郎的私人字汇中用来形容多愁多痛、喜欢哭泣的人的一个字眼。

这个天使的逢迎的语句却被认为是矫揉造作。在这年青的灵魂中这样新鲜、这样甘美的长大而要向外开花的感情的玫瑰花就这样无情的被折毁了。在毕爱丽黛心中最柔软的地方，她接到了最严厉的打击。如果她想方法用阿谀来和缓这两个凶猛的物类的话，人家就责骂她，说她是因为利益而假装温柔。

“请你立刻告诉我你要什么东西？”罗格郎猛烈的叫，“你绝不会没有目的而阿谀我的。”

姐弟二人都不允许感情，然而毕爱丽黛却是天生的多情。要使罗格郎小姐高兴而妒忌的上校就给她解释她对毕爱丽黛所有的一切的举动的理由。维纳也支持这两位亲戚，赞同他们来反对毕爱丽黛的一切的话；他说这天使所有的所谓的错行都是布列颠的性格的顽固，认为任何的力量、任何的意志都不能够成功。这两位佞人用过分的精细来阿谀罗格郎姐弟，他们终于从罗格郎处得到创办《普鲁凡新闻》的保证金，从雪丽薇处得到五千佛郎的股本。上校和律师开始出战了。他们把一百股五百佛郎的股本分派给害怕自由党报纸的买有国家财产的选举人、佃农和所谓的没有派别的人。他们甚至于伸张他们的分支在全地区，越过了界外的几个县份。每一个股东都是当然的订户。《新闻》和《蜂筒》就平分了法院和其他的通告。创刊号给罗格郎写了壮丽的颂词。人家介绍罗格郎，认为是普鲁凡的拉飞特。当群众有指导的时候，我们可以容易看出将要举行的选举是有一个剧烈的竞争的。

美丽的迪芬夫人开始忧愁了。

“我忘记了，”她一边读一篇攻击她和儒里亚尔的文章，一边说，“我忘记了在一个容易被骗的人附近往往有一个骗子，愚笨总可以吸引一个狐狸一般的人。”

自从报纸在二十法里的范围之内光耀之后，维纳就有了一件新的上衣、长靴、合礼的背心和裤子。他戴着一顶著名的自由党灰色帽，让人看见他的衬衫。他的妻子雇了一位女仆，穿得和一位有权势的阔太太一样，她有好看的头巾。为着计算，维纳是很感恩的。律师和他的朋友、自由党的法律公证人兼奥夫莱的敌人古尔南，就变成了罗格郎姐弟的参谋，给他们尽了两个大义务。罗格郎老伯在一八一五年所订的不大合算的土地契约就要满期了。园艺和菜蔬的种植在普鲁凡四围大为发达。律师和法律公证人想方法给罗格郎在订立新约之中多赚了一千四百佛郎的岁收。维纳在反对两个邑行政区的官司中胜诉了两件种树的案子：这是关于五百棵白杨树的问题。白杨树的收入、三年来罗格郎所节约而用高利出贷六千佛郎的款项，就非常得计的拿来收买好几个奴隶。维纳并且又想方法没收那些借过罗格郎老伯的钱的农民的财产，因为这些农民都落空的耕种着、改良着他们的土地，预备来还债，他们都毁了。罗格郎姐弟在建筑房屋中所损失的资本，算是大大的弥补上来了。他们的地产都是在普鲁凡的周围，是他们的父亲跟一般旅馆主人一样的能干选择的，这些地产分为许多的小田圃，最大的还没有超过五亩的面积。这些田圃都是租给那些自己有几块地、有抵押品而能够还清租钱的农民。这使他们于一八二六年的圣马丁节得到了五千佛郎。捐税是由佃户负责缴纳的，并且没有任何的修理或保证火险的机关。姐弟两个人每人都得有五分利的四千六百佛郎；因为这数目超过了额面价值，律师就劝他们交换土地，答应在法律公证人的援助之下使他们于交换之中不至于损失一个子儿。

这阶段的末期，毕爱丽黛的生活未免太艰苦了。家中熟客的不理睬、无礼的斥骂、亲戚的无情，都变成了这样腐蚀的。她觉得向她吹来的是潮湿的墓上的冷风。她甚至于大胆的想要光着脚步行到布列颠去寻找她的祖父和祖母洛兰，因为她没有钱。两桩事故妨碍了她的计划。洛兰先生死去了。在普鲁凡所举行的家庭会议中，罗格郎被推为表妹的保护人。如果她的祖母先死的话，罗格郎一定会在维纳的劝告之下追回毕爱丽黛的八千佛郎，使她的祖父陷入赤贫之境。

“但是您可以承继毕爱丽黛！”维纳说着，脸上挂着一个可怕的微笑。“人家不知道谁活着，也不知道谁死去！”

听了这句教言，罗格郎就逼着毕爱丽黛的债务人洛兰寡妇用生前的赠予而由她负责付清捐税的办法来给毕爱丽黛保证八千佛郎的财产。然后他才让她安闲的活着。

毕爱丽黛受到这丧事的重大的打击。这正是人家要让她第一次领圣体的当儿：又是逼着毕爱丽黛留在普鲁凡的一桩事。这简单而必要的仪式引起了罗格郎家庭上的大变化。雪丽薇听说柏鲁教士教导儒里亚尔、勒苏尔、迦尔锡兰和其他的人的孩子们。她非常的兴奋，想要找柏鲁教士的助理夏倍尔先生来当毕爱丽黛的教师。夏倍尔是普鲁凡一位非常可怕而竟是修士、非常热心于教会而在严肃的教义之下存有极大的野心的人。这位教士的妹妹，一位差不多三十岁的女郎，在城里开了一家女宿舍。兄妹二人很相像：两个人都是黄瘦、黑头发而忧闷的。毕爱丽黛是一位生长在天主教教规和诗章之中的一位布列颠女郎，她就对这位专权的教士打开她的心、打开她的耳朵。苦痛预备虔诚的道路，差不多一切有柔和的本能的女子都倾向于神秘主义，这宗教的深刻的角落。所以这位教士就在一块最适当的土壤上播种着使徒的谷实、教会的规条。他整个的改变了毕爱丽黛的气质。毕爱丽黛喜欢人家如天上未婚夫一般的介绍给领圣体的女子们的耶稣基督；她的身心的苦痛是有意义的，她得到教士的训诲，在任何的东西中看到上帝的旨意。她那受到这样的家里的残暴打击而不敢责难亲戚的灵魂，就遁避到神学的三大力量所支持的这些不幸的人所攀登的境地里来。她整个的放弃了一切的逃奔的念头。惊异夏倍尔先生在毕爱丽黛身上所施展的改形的工作，雪丽薇不禁生了好奇之心。从此之后，夏倍尔先生一边预备毕爱丽黛的第一次领圣体，一边却替上帝征服了一个都是错乱的雪丽薇的灵魂。雪丽薇虔诚起来了。冒称的耶稣会会徒却无法咬破罗格郎·登尼斯，因为那时候自由党的大行皇帝宪政一世的精神在一部分幼稚的人身上是比教会的精神更有力量的。登尼斯还是忠心于古罗上校、维纳和自由主义。

罗格郎小姐自然而然的认识了夏倍尔小姐，并且非常的同情她。这两位小姐就好像是同性爱的姐妹一样的互相敬爱着。夏倍尔小姐提议把毕爱丽黛带在身边，借以免除雪丽薇的教导的烦扰；但是姐弟二人却回答说毕爱丽黛的出门未免使家中太为寂寞。罗格郎姐弟对于表妹的关怀好像是过分的。眼看着夏倍尔小姐的登台，古罗上校、维纳律师就以教士令妹的利益为理由，告诉了野心的主教助理关于上校所有的婚姻的计划。

“令妹要您结婚。”律师对旧日的杂货商人说。

“跟谁?”

“跟这位老女巫女教员。”老上校叫了起来，一边抚摸着他那灰色的胡髭。

“她一点儿也没有对我说过。”罗格郎天真的回答。

像雪丽薇这样一个绝对的女子应当得在得救的路上进步。教士的力量渐渐的在这家里扩大了起来，因为他能够得到有力量安排弟弟的雪丽薇的支援。两位自由党人懂得：如果教士决定把他的妹妹嫁给罗格郎的话（这结缡是比雪丽薇和上校的婚姻更为美满的），他一定会督促雪丽薇去实践最剧烈的宗教规律，把毕爱丽黛送到女修道院去；他们也就这样的白费了十八个月的努力、无聊的举动和逢迎。他们的恐惧是得体的，因此就对教士兄妹二人暗加怀恨；不过，他们也觉得有步步紧随、虚与委蛇的和他们生活在一起的必要。夏倍尔先生和夏倍尔小姐懂得魏斯特牌戏，他们每天晚上都来参加夜会。这一班人的殷勤激起了另外一班人的献媚。律师和上校觉到对方的力量是和他们一样强的，夏倍尔先生和夏倍尔小姐正好也有同感。这种互相对立的情景已经是一种斗争。上校让雪丽薇尝味结婚的意外的温存，因为她终于觉得古罗是一位配得起委托终身的人；夏倍尔小姐也用她的注意、她的言语、她的眼色来包围旧日的杂货商人。两派之中的任何一派都不能够说出大政客所说的这句伟大的语词：“咱们分赃吧!”每一派都要他的掠获物。并且，这两位在普鲁凡渐占势力的反政府派的狐狸也有一个错误的计算，他们自以为是教士占优势，他们先开火。屈指计算个人的利益而唤醒感恩之心的维纳，就去寻找查尔慈倍夫小姐和她的母亲了。这两位女人占有差不多两千佛郎的息金，艰苦的生活在特罗瓦。查尔慈倍夫·巴娣尔黛小姐是一位相信恋爱婚姻而因为二十五岁还没有出嫁就改变意见的奇女子。

维纳知道如何去游说查尔慈倍夫夫人，把她的两千佛郎凑在他办报所赚到的一千厄古，到普鲁凡居住在他家里；他说巴娣尔黛可以在这里嫁给一位姓为罗格郎的傻子，像她这样聪明，她一定能够和美丽的迪芬夫人竞争。查尔慈倍夫夫人母女接受了维纳的提议，这给自由党引起了一个最大的自信。这结合使普鲁凡的贵族和迪芬夫妇的党羽惊惶失措。勃勒奥泰夫人看见这两位贵族女人这样的迷误，觉得非常的忧虑，她就请她们到她家里来。她叹息保王党所做下的错误。当她听见母女两人对她叙述她们的景况时，她就对特罗瓦的保王党大加愤慨。

“怎么？就没有一两个乡下老绅士娶这位生来预备当诸侯夫人的可爱的小姑娘？”她说，“他们就让她这样的结实，她也就去投效一个罗格郎。”

她轰动了全省，然而却找不到一个能够娶这位母亲只有两千佛郎息金的女郎的绅士。迪芬党羽和县长也从事于寻找这么一个人，然而他们太晚了。勃勒奥泰夫人大加虐责唯物主义和金钱律则的果实那毁灭法兰西的自私主义：贵族简直等于零！美貌简直等于空！罗格郎姐弟、维纳夫妇简直跟法兰西的国王宣战！

查尔慈倍夫·巴娣尔黛小姐不但是在无比的美貌上胜过了她的竞争者，同时也在她的服装上。她是光艳而白皙的。她的年纪二十五岁，她那发育健全的肩膀、她那婵娟的情态是万分甘美的。她那圆满的颈项，她那洁净的筋肉附着处，她那丰富而漂亮的金栗色的头发，她那甜蜜的微笑，她那超群的头部，她那脸孔的姿势和切图，她那美额之下的迷人的双眸，她那高贵而大方的举止，她那还是纤细的身材，这一切的一切都是调和的。她有一双精致的手和一双细小的脚。也许是她的健康使她有一种类似妓女的神色。“但是，这在罗格郎看来不应当是缺点。”美丽的迪芬夫人说。查尔慈倍夫小姐的第一次的服装是相当平凡的。她那绣有绿色花枝的绒布袍子并没有衣领；但是一条因为里面的棉线而紧张的网布围巾却盖住了她的肩膀、背部和上身，在胸前打开，虽然这围巾是由一个别针扣住的。在这精巧的发网之下，巴娣尔黛的美丽更是光艳而迷人。到来的时候，她脱下了丝绒的帽子和肩巾，显露出她那戴有金质梨形宝石的耳环的玲珑的耳朵。她有一只丝绒的十字架在颈项上光耀着，好像是特产的白色柔毛羊尾巴上所有的黑环一般。她有想要结婚的女人的一切的狡狯：伸出手去整理并没有紊乱的发环，请罗格郎给她结钮衣袖因而让人家看见她的手节；然而这昏迷了的不幸的人却突然的拒绝她，而在矫饰的不理睬之下隐藏着他的情感。在这位杂货商人的生命中应当奋发的唯一的爱情的懦怯却有一切的仇恨的表露。雪丽薇和夏倍尔·西勒斯黛误解了他，然而律师却看得明白，他是这愚笨社会中的英雄，事实上也只有教士才是他的敌手，因为上校久已变成他的盟友了。

在他一方面，上校此后对于雪丽薇的行径也正如巴娣尔黛对于罗格郎的举动一样。他每天晚上都穿着白衬衫，他有丝绒的硬领，在这硬领上面露出衬衫的白领端所挺起的好斗的脸孔；他采用了棉布的背心，叫人替他制了一件蓝呢的新礼服；他就在这礼服上显耀着他的玫瑰结，说是为着美丽的巴娣尔黛而挂的。他坐了两个钟头不吸烟。他那斑白的头发就好像波纹一般的梳覆在他那赭石一般的头盖上。总之，他装出做正党领袖的外表和态度，装出生来就预备打着鼓解送法兰西的敌人，布尔崩王族的英雄的神色。

自由党和勃勒奥泰夫妇一家都认为查尔慈倍夫小姐比美丽的迪芬夫人还要美上十倍。恶劣的律师和狡猾的上校，给夏倍尔先生和夏倍尔小姐所要的把戏，是比他们介绍美丽的查尔慈倍夫小姐时所开的玩笑还要凶得多。这两位小城市的政客一步一步的使人相信夏倍尔先生赞同他们的一切思想。普鲁凡城不久就说他是一位自由党的教士。夏倍尔先生立刻被召回主教区，被迫放弃来参加罗格郎姐弟的夜会；但是他的妹妹却总继续不断的到这里来。罗格郎的客厅从此就确保了，就变成了一个力量。

所以，在这一年当中，罗格郎客厅中的政治暗斗并不是没有婚姻阴谋那样的热闹。如果蓄在心中的利益的暗斗是炽烈的话，公开的奋扎也就不免轰动九城了。大家都知道维勒尔内阁是于一八二六年倒台的。因为古尔南先生替他买了一块尚未付款的土地而得到被选权的自由党候选人维纳并没有在普鲁凡学院胜过迪芬先生。院长先生只得到两票的多数。联络维纳夫人、查尔慈倍夫夫人、维纳和上校的人有时是古尔南先生夫妇，此外还有纳路医生，一位年青时代多风波而用严厉的态度来看人生的人；人家说他很专心的研究自由党、嘉许自由党，并且比马尔登纳先生更有手段。罗格郎姐弟不大了解他们的排斥，也不相信他们的胜利。

维纳告诉美丽的查尔慈倍夫·巴娣尔黛小姐毕爱丽黛是她的敌人，查尔慈倍夫小姐对于毕爱丽黛是万分的轻蔑的。大众的利益强迫着这位可怜的牺牲品低头。维纳夫人最终明白了这情景，但是她没有方法援助这位受到不可和解的利益的夹攻的孩子。没有方法限制丈夫的欲求，她就不再到罗格郎姐弟家里来，她觉得看着这位可以紧靠在她身边，希望得到一个秘密的保护，请教她一两点，请她教导刺绣的美丽的小姑娘受到人家的虐待是很难受的。毕爱丽黛就这样的证明：如果她受到这柔和的待遇的话，她一定可以了解一切，事事成功。维纳夫人已经没有用处了，她不再来。还在梦想结婚的雪丽薇于是就把毕爱丽黛看作一个障碍物：毕爱丽黛差不多十四岁了；老小姐所没有看出的病态的白皙使她变成非常动人的。雪丽薇就怀了一个巧妙的念头，想要奴役毕爱丽黛来补偿她的损失。护卫查尔慈倍夫的维纳、夏倍尔小姐、古罗，一切有影响的熟客都劝雪丽薇辞退粗胖的阿娣尔。毕爱丽黛不是得烧饭，得清理房屋吗？如果事情太多的话，就得请上校的女仆、那位非常听从的普鲁凡的精巧的女厨来。凶恶的律师说毕爱丽黛得学做饭、擦家伙、打扫、清理房屋、上街、打听物品的行市。这位可怜的小姑娘的忠实正如她的厚道一样的，她好不容易能够在这家里吃到一碗饭，也就委身操作了。阿娣尔被辞退了。毕爱丽黛损失了唯一曾经保护过她的朋友。无论她是如何的强健，从这时刻起，她在身体、精神两方面都觉得疲劳。这两位单身汉对她的看顾远不如女仆，因为她是属于他们的！所以，因为小小的事情，例如忘记扫尽壁炉台上的尘垢或是玻璃球上的灰土，她就被他们痛骂一阵。她所羡慕的这些奢侈品都变成了可恨的东西。无论她如何的想要好好的工作，严酷的表姐总是要她重新再做她已经做过的事情。两年之内，毕爱丽黛没有听过一句慰问或是感情的话。她用天使一般的忍耐来接受两位单身汉的冷语。他们没有任何的温和情绪，他们每天都让她觉到她是寄人篱下的。好像被压在两个螺盘之中的被压在这两个杂货商人之间的少女，她的生活使她的病痛加剧。她的内部苦痛是这样剧烈的，她的秘密悲伤是这样强暴的，苦痛和悲伤的发展无可救药的倾轧着。毕爱丽黛就这样的慢慢变成了她的童年伴侣在小广场上用布列颠的浪漫诗对她致敬时所看见的孩子了。

没有说到布里古的到来给罗格郎家中所产生的家庭悲剧之前，为着明白故事的继续起见，我们必得解释这位布列颠人是如何的居住在普鲁凡，因为他似乎是这一幕戏中的哑角。逃走的时候，布里古不但被毕爱丽黛的姿势所惊愕，同时也被年青的女友的变态所恫吓：如果没有声音、眼睛和身姿使他忆起这样活泼、这样快乐、这样温和的小同伴的话，他几乎认不得她了。当他离开房屋相当远的地方时，他的腿不禁发起抖来；他的背上不禁发烧了！

他简直是看到毕爱丽黛的鬼魂，而不是毕爱丽黛。他沉思忧虑的爬上高城，一直走到一块可以看到广场和这所房子的地方为止；他苦痛的端详着这所房屋，堕在无穷的深思里，好像一进去就不能够停止的苦海一样。毕爱丽黛受苦了，她不快乐，她惋惜布列颠！她有什么事呢？这些问题反复的在他心中旋转，撕破了他的心田，证明了他对这位小盟妹的情爱有如何的程度。两性之间的童年的感情很少能够继续的存在。保罗和维尔志妮的浪漫史，跟毕爱丽黛和布里古的浪漫史，都不能够解决这奇异的伦常所引起的问题。在近代历史，只有超卓的柏思格侯爵夫人和她的丈夫是个特殊的例外：他们十四岁之后就依照父母之命定下盟约，互相敬重，结了婚姻；他们的结合给十六世纪贡献了一幕没有阴云的无边的夫妇恩爱的戏景。三十四岁成为寡妇，这位美丽聪明而被全世界敬爱的侯爵夫人却拒绝一切国王的求婚，埋身在女修道院中，除了女教徒之外，再也看不见别人、听不到别人的话。这完全的爱情现在却突然的发展在这位布列颠的穷工人心中。毕爱丽黛和他，他们常常互相保护，他这样高兴的给她送去旅费，差一点儿没有跑在邮车后面，毕爱丽黛也一点儿不知道！这种回忆常常在这三年的穷困生活中温暖着他的冰冷的时刻。他是为着毕爱丽黛而改善自己，为着毕爱丽黛而学习工艺，为着毕爱丽黛而到巴黎来给她寻觅财宝的。在那里住了两星期之后，他不能够抵抗要去看视她的念头，而自星期六晚一直走到星期一早晨；他本来打算回到巴黎去，但是小朋友的动情的出现却把他钉在普鲁凡了。一种极可钦佩的吸力，尚能证实的吸力，不知不觉的伸到他的身上，虽然这吸力有许多的表现：眼泪在他的眼中流转，同时也遮蔽了毕爱丽黛的视线。如果他是毕爱丽黛的故乡和快乐的童年的话，毕爱丽黛却是他的生命！已经十六岁了，布里古还不懂得图画或是测绘一个剜形突出部，他不知道很多的事情；但是，他却在工作之中每天赚到四五个佛郎。所以，他能够住在普鲁凡，他可以在这里接近毕爱丽黛，他可以在城里找到最有名的木匠当他的老师来学习工艺，因而能够察视毕爱丽黛。顷刻之间，布里古就打下主意了。他跑到巴黎去，算清了一切的账，取回了他的身份证、他的行李和他的器具。三天之后，他就是普鲁凡第一个木匠佛拉比尔先生的伙伴了。勤劳端正而与热闹的酒楼为敌的工人太少了，师父们不能不留住像布里古这样的年青的工人。为着结束这位布列颠人在这一方面上的故事起见，我们可以说：两星期之后他就当了工头，住在佛拉比尔店里，吃店主的饭，佛拉比尔先生教他学习计算和线条图案画。这位木匠住在大街，距离小广场只有百步之遥，罗格郎家就在这小广场的一头。布里古把他的爱情隐埋在心中，没有做下任何不谨慎的事体。他让佛拉比尔夫人给他述说罗格郎姐弟的故事，她告诉他老旅馆主人霸占老实的奥夫莱先生的承继权所用的手段。布里古听到了许多关于杂货商人罗格郎姐弟的性格的话。他使清晨跟着表姐一同上市的毕爱丽黛惊愕，他发抖的看见她的手臂挽着一只满堆食品的篮子。星期日，他到教堂去看打扮得入时的毕爱丽黛。在那里，布里古第一次看见毕爱丽黛俨然是洛兰小姐。毕爱丽黛看见她的朋友，但是她给他送出神秘的暗号，叫他不要露面。这姿势含有许多的意义，正如两期之前她叫他逃走所做出的姿势一样。他难道不应当发财来迎娶这位可以从罗格郎姐弟手里得到一所房子、一百亩田地和一万二千佛郎的息金（还没有计算他们的贮蓄）的童年小女友吗？坚毅的布列颠人不愿意在没有得到他所缺乏的知识之前尝试探求财富。在巴黎学艺或是在普鲁凡学艺，这只是理论的问题，他只愿意住在毕爱丽黛近边，希望给她解释他的计划和她可以信托他的一种保护。最后，他不愿意在没有发觉从干涸的眼睛中打击她的生命的那苍白的颜色的神秘之前，在没有知道那使她屈服在死神的刀剑之下几乎断气的苦痛的来源之前离开她。这两个感人的暗号并不是有否认他们的友谊，而是暗示一个深长的含忍，使这位布列颠人的灵魂不禁生出恐怖。很明显的，毕爱丽黛是命令他等待着，叫他不要找方法来看她；不然的话，她就有危险了。走出教堂的时候，她居然能够给他送来一道眼色，布里古看见她的眼睛满充着泪珠。在猜想他到来之后罗格郎家所发生的事情之前，这位布列颠人已经找到一个难题了。

那天清早，在毕爱丽黛的清梦之中，布里古似乎是在另外一个梦景中一般的出现。这时候毕爱丽黛并不是没有剧烈的恐怖，从她的房里走下楼来。为着起床，为着开窗，罗格郎小姐一定听到了这刺痛老小姐的耳朵的小曲和歌词；但是毕爱丽黛并不知道使表姐这样提防的事实。雪丽薇有极大的理由起床跑到窗口，将近一星期以来，奇异的秘密事态和残暴的情绪已经激动了罗格郎沙龙的重要人物。各方面所巧妙隐蔽的秘密事态将要和冰冷的雪崩一样的压在毕爱丽黛身上。这些事态可以叫做“人心的污点”，埋藏在最大的政治革命、社会革命和家庭革命的基础之中；但是，在谈论这句话的时候来解释他这些事态的代数方式虽是如何的正确而形式上却又如何的不符合，这也许是非常有用的。这些深刻的计算并没有历史的表现那样的暴露出来。要说明人类的精神是如何有意的在那里隐蔽着他所带来的光辉，如何婉转的用细腻的语言、谨慎的措辞、冗长的谈话在那里浸渍一些有毒的心计，这就等于计划写一部长书，一部类似伟大的诗歌《夏尔雷·克拉里斯》一样的长书。夏倍尔小姐和雪丽薇小姐都有结婚的渴望；但是她们之中的一位却比另外的一位年青十岁，而结婚的可能性也使夏倍尔·西勒斯黛想象着她的子女可以得到罗格郎姐弟的财产。雪丽薇已经四十二岁了，这是结婚的生活可以产生危险的年龄。在性喜报复的教士的指使之下，想要互相说明意向彼此征求同意的夏倍尔·西勒斯黛就给雪丽薇解释所谓地位的危险。上校是个军人，是个性格强暴、健康粗胖的四十五岁的汉子，他应当能够实行一切神仙故事所暗示的那种伦常：他们是快乐的，并且有许多的子女。这种幸福使雪丽薇战栗，她怕死，死是彻底蹂躏单身汉的念头。但是随着国会的第二次胜利而推翻的维勒尔内阁的倒台，马尔迪额内阁就组织成立了。维纳一党在普鲁凡昂着头走路。维纳已经变成勃丽的第一个律师了，据说，他得到了一切他所要得到的东西。维纳是个大人物了。自由党预言他的登台，他一定要当议员，要当检察官。至于上校呢，他要当普鲁凡的市长。啊！和迦尔锡兰夫人一样的统治，当市长夫人！雪丽薇不能够抵抗这愿望；她要请医生给她诊验，虽然人家会讥笑她这种举动。这两位女人之中有一位胜利了，并且确信能够不费力量的领导着另外一位女人。她们就发明了那些受教士指示的女人所懂得设计的陷阱。请教马尔登纳先生的敌人、自由党医生纳络先生，这是一个错误。夏倍尔·西勒斯黛劝告雪丽薇偷偷的躲在化妆室里，请她的宿舍医生马尔登纳先生来为自己的康健给她解释这问题。不知道是否有西勒斯黛的合谋，马尔登纳对女主顾的回答是：在一位年纪三十岁的女人身上已经有危险的存在，虽然比较的微弱。

“但是，您的身体好，”他最后对她说，“您不必忧虑。”

“那么，一位过了四十岁的女人呢？”夏倍尔·西勒斯黛小姐说。

“一位结过婚而有子女的四十岁女人用不着害怕。”

“但是，一位神圣的处女，非常神圣的处女，例如罗格郎小姐呢？”

“神圣！这是没有疑问的！”马尔登纳说，“顺利的分娩是上帝所允许的神迹，不过不多见罢了。”

“为什么呢？”夏倍尔·西勒斯黛说。

医生就用可怕的病理学来回答。他解释说："年青时大自然所赐予的筋肉的弹性和骨节的弹性过了某个年龄就不存在了，忠于职守而长期安坐家中的罗格郎小姐方面，更是如此。"

"那么，过了四十岁，洁白的处女就不应当结婚吗？"

"或是等着。"医生回答说，"不过，这么一来就不是结婚，而是利益的结合了，不然的话，又是什么呢？"

最后，这明晰、严肃、合理而科学化的会谈的结论就是说：过了四十岁，一位洁白的处女不应当太想结婚。马尔登纳先生走了之后，夏倍尔·西勒斯黛小姐发现罗格郎小姐脸发青黄、瞳孔肿胀，总之，是在一个骇人的状态之中。

"您真的非常爱慕上校吗？"她对她说。

"我还没有失望。"老小姐回答说。

"那么，您就等着吧！"夏倍尔小姐虚伪的嚷着，她知道时间会变成上校的审判官。

然而，这婚姻的伦常是可疑的。雪丽薇到忏悔所的角落里去试探她的良心。严厉的导师给她解释教会的意见：教会只承认婚姻是人类的繁殖的步骤，不赞同第二次的结缡，轻蔑没有社会目的的情感。罗格郎·雪丽薇的复杂性是极端的。她的内心的战斗给她的情感产出一种奇异的力量，给她培植了自从人类第一个女性爱薇之后一切禁忌的事物所给女人产生的不可解释的情趣。罗格郎小姐的烦躁瞒不过律师的明眼。

一天晚上，夜会散场之后，维纳走近亲爱的女朋友身边，拉住她的手，叫她一块儿坐在安乐椅上。

"您有什么事情吗？"他朝着她的耳朵说。

她悲哀的低下了头。律师让罗格郎走开，只一个人跟这位老小姐留下，和盘托出她的心事。

"要得好把戏，教士！然而你是为我而要的。"听了雪丽薇这一段最可怕的秘密的诊察之后，他这样的嚷着对自己说。

这狡猾的法界狐狸的说法比医生的解释更为可怕；他劝她结婚，不过必得在十年之后，因为这是最安稳的。

律师发誓要罗格郎的一切财产都归于巴娣尔黛。他擦着手，练好嘴唇，跟在有女仆在前提灯照引的查尔慈倍夫夫人和查尔慈倍夫小姐的后面奔跑。灵魂的医生夏倍尔先生和钱包的医生维纳，他们两个人所施展的影响刚刚好是互相抗衡的。罗格郎不大虔诚；所以教会的人物和法界的人物就手拉手的联合起来。听说希望嫁给罗格郎的夏倍尔小姐战胜了徘徊于死亡的恐怖和当男爵夫人的快乐之间的雪丽薇，律师看到有使战场上的上校失败的可能。他相当认识罗格郎，能够找到方法使他迎娶美丽的巴娣尔黛。罗格郎没有能够抵抗查尔慈倍夫小姐的进攻。维纳知道，只要罗格郎能够跟巴娣尔黛和他三个人单独在一起，他们的婚姻就可以马上决定。罗格郎已经走到凝视夏倍尔小姐的地步，因为他怕看巴娣尔黛。维纳刚发现雪丽薇如何的爱敬上校。他懂得同样虔诚的老小姐所有的同样的感情范围；不久他就寻到可以使毕爱丽黛和上校两个人同时失败的手段，要他们彼此互相倾轧。

第二天早晨退庭之后，他遇见上校和罗格郎照例的一块儿散步。

三个人一同走路的时候，他们的结合总是全城的人所讨论的题目。这三头政治是县长、官吏、迪芬党羽所厌恶的，然而却是普鲁凡的自由党用以夸示的法庭。维纳一个人亲自编辑《新闻》，他是党魁；上校是报馆的负责管理人，他是党的手臂；罗格郎是党的神经，他有钱，他有普鲁凡的指导委员会和巴黎的指导委员会的联系。在迪芬夫妇的口中，这三位人物总是在阴谋反对政府，然而自由党人却崇拜他们，认为是民众的卫士。当律师看见罗格郎向广场走来回家吃饭的时候，他就拉了上校的手臂，阻止上校陪着旧日的杂货商人。

“好，上校，”他对他说，“我要给您摒除肩上的重担；您可以娶个比雪丽薇还要好看的女人；敏捷一点儿，您就可以在两年之内娶到小姑娘洛兰·毕爱丽黛。”

他就告诉他耶稣会会徒的示威的结果。

“真是暗箭伤人，老没完！”上校说。

“上校，”维纳严肃的接着说，“毕爱丽黛是个美丽动人的生物，她可以使您下半世快乐，您有这么好的身体，这种结缡不会使您有年龄不相称的婚姻的不方便；但是您不要以为从这恶运换到美运是容易的事。叫您的情人帮您的忙，这和您在炮火之下渡河攻击敌人有同样的危险。像您这样精细的骑兵上校，您可以研究您的地位，用我们一向所有的优点，使我们得有今日的优点来进行。如果有一天我当了检察官，您就可以统治全省。啊！如果您当了选举人，我们的地位就会变成更好的；我可以恫吓他们这两位雇员，说他们会丢掉地位，这么一来我们又可以收买两张选举票，我们也就可以得到大多数了。我要伏在杜宾、柏里尔·卡斯美尔他们身边……”

上校早已想到毕爱丽黛，可是他却用深刻的矫饰来隐蔽这念头；所以，他对于毕爱丽黛的残暴只是表面的。当他一个人遇到她的时候，他总是伸出手来抚摸她的下颌，小姑娘可不明白为什么这所谓的父亲的同伴这样的虐待她。自从维纳和盘说出婚姻问题所给雪丽薇小姐产生的恐怖之后，古罗总找机会跟毕爱丽黛一个人在一起，而粗暴的上校也就和家猫一般的温柔了：他对她说洛兰曾经如何的勇敢，他的死对她又是如何的不幸！

布里古到来之前几天，雪丽薇曾惊吓过古罗和毕爱丽黛。妒忌就和修道士一般的剧烈的侵入了她的心坎。妒忌是一种轻信而多疑的情绪，是最富有虚想的活动的情感；但是妒忌并不使人智

慧，反之，他却摈除聪明。在雪丽薇身上，这种情绪应当可以引起奇异的思想。雪丽薇好像觉得那位刚对毕爱丽黛说句“结过婚的太太”的人就是上校。雪丽薇认为这幽会是上校约定的，她相信她的见解没有错误，因为一星期以来古罗的举止态度在她看来简直是改变了的。这个人是她在孤单的生活中唯一使她关心的人，她用所有的眼睛和听觉来观察他。她尽力的游荡于忽显忽灭的希望之中，制造了一个广阔的景象，就在那里感觉到一个道德的海市蜃楼的力量。用通俗的话来说：她用力观看，然而却什么也没有看到。她拒绝着并且不时不时的击退了这虚构的竞争的假设。她给自己和毕爱丽黛做个比较：她四十岁了，头发已经变成灰色的了；毕爱丽黛却是一位甘美白皙的小姑娘，她那温柔的眼睛可以使死心回暖。她已经听见人家说过五十岁的男人喜欢毕爱丽黛这一类的小姑娘。在上校参加罗格郎这一派到罗格郎家里来之前，雪丽薇已经在迪芬的客厅里听到关于古罗的怪事和他那离奇的风尚。在爱情中，老小姐所有的思想往往要比二十岁的女郎所宣泄的念头还要理想而不着边际；她们保守着绝对的教条，正如那些没有人生经验，不知道社会的力量如何改变、消耗、损失美丽的梦想的人一样。在雪丽薇看来，上上校的当，这是一个使她头痛的思想。清早，自闲逸的单身汉醒来还没有起床而辗转反侧于睡床之中的那时刻起，这位老小姐就忙于想到自己，想到毕爱丽黛和结婚这个字所给她唤起的浪漫诗。因为她不在百叶窗的缝隙里窥见这个情人，而开了窗，没有想到她未免有点愚笨，却被毕爱丽黛听见了。如果她有侦探的聪明的话，她一定可以看见布里古，而自此开幕的悲剧也不至于发生了。

虽然毕爱丽黛是虚弱的，她却能够搬走支住厨房门扉的木棍，开了门，挂上钩，然后又开了朝园的一扇走廊的门。她拿了各种扫除地毡、饭厅、走廊、扶梯用的一切的扫帚。她的谨慎、她的正确是任何的女仆所办不到的，甚至于荷兰的女郎：她太恨责骂了！在她看来，所谓幸福，就是在表姐给整个的产业投去一道看得见任何尖锐的观察家所看不见的东西的光之后还能够看到她那苍白而冰冷的眼睛保持着平静的色调，这色调不必是满意的，因为表姐从来就没有过满意的眼色。她回到厨房整理东西，生上炉火，给表哥表姐的房子送去热火，给他们每一个人端热水洗脸；这时候，一点儿也不为自己忙碌的毕爱丽黛，她的皮肤已经是潮湿的了！她排好早饭的食具，生了饭厅的火炉。为着这些事情，有时她甚至于到地窖里去寻求小小的一包一捆，离开一块凉爽的地方到一块温热的地方去，离开一块暖和的地方到一块冷湿的地方来。这些都是因为避免一两声恶言或是因为服从命令才用年青人的诱导来完成的，然而这突然的冷热的变迁却使她的健康发生了许多不可救药的衰萎。她开始病痛了；她有奇异的食欲，瞒着不敢说；她喜欢生菜，她就偷偷的吃着。天真的孩子，她一点儿也不知道环境给她结成了一个严重的病症，需要严格的谨慎。在布里古到来之前，如果这位能够咒诅外祖母的死的纳路曾给小外孙女揭示她的致命的危险的话，毕爱丽黛说不定是要微笑的：她的生命尝到太多的苦味，她不会不对死亡微笑。但是，不久以来，身体的苦痛再加上乡思的苦痛（这是布列颠人的病症，是上校们在队伍中所发现的布列颠人的通病），她却非常的喜悦普鲁凡！看见了这朵金花雀花，听到了这首情歌，童年友伴的出现使她恢复了生气，正如久旱的植物在大雨之后的发绿一样。她要活，她相信没有苦痛过！她懦怯的溜到表姐的房里来了，生了火，放下开水壶，交谈了几句话，又去唤醒她的保护人，下楼取了牛奶面包和铺子里送来的一切食品。她在门限上愣了相当的时间，希望布里古懂得回来；然而布里古却已经走上巴黎大路了。听见表姐下楼的时候，她已经整理好饭厅，在厨房里忙。罗格郎・雪丽薇小姐穿着淡黄色的薄丝便服，头上戴着一顶饰有结纽的网布帽，散乱的假发，便服上面的短褂，拖鞋里头的脚。她巡视了一周，再来看看正在等着她要知道用什么东西做早饭的表妹。

“啊！原来您在这里吗，爱情小姐？”雪丽薇用一半快乐一半讥笑的语调对毕爱丽黛说。

“合意吗，表姐？”

“你鬼鬼祟祟的到我房子里来，又鬼鬼祟祟的出去；然而，您应当知道我要跟您谈谈。”

“我？……”

“今天早上您有一场清晨音乐会，简直跟公主所有的一模一样。”

“一场清晨音乐会？”毕爱丽黛嚷着说。

“一场清晨音乐会？”雪丽薇学表妹的口吻接着说，“并且还有一位情人哩。”

“表姐，什么叫做情人？”

雪丽薇避免回答而对她说：

“小姐，您敢说没有一个男人到我们窗下来向您求婚！”

迫害使毕爱丽黛懂得奴隶所有的必要的狡狯，她大胆的回答：

“我不懂得您说的是什么……”

“我的狗！”老小姐尖刻的说。

“我的表姐。”毕爱丽黛谦逊的接着说。

“您也没有醒，您也没有光着脚到窗口去，这样的走到那里去会叫您生病。胡说！这会给您好处。呃，您大约没有跟您的情人说话吧？”

“没有，表姐。”

“我知道您不少的错处，但是我却不知道您会扯谎。您细细的想想吧，小姐！您得跟表哥和我解说解说今天早上的把戏；不然的话，您的保护人就会采取严厉的处置。”

妒忌和好奇心吞蚀着老小姐，她就实行恫吓手段了。毕爱丽黛是一位无能为力而苦痛的女子：她缄默无言。这寂寞是一切被攻击的人用来致胜的唯一的法宝：他可以松弛妒羡的人的粗暴的侵袭、敌人的野蛮的战斗，他可以产生压倒的胜利。还有什么东西能比寂寞更为完全呢？他是绝对的，这不是一种可以获得一切的法宝吗？雪丽薇偷偷的研究毕爱丽黛。孩子脸红了，但是她的发红并不是均匀的，而是在颊上分为几个不平等的红块，分为几个炽热而含有意义的红点。看到这些病症的征候，一位母亲一定要马上改变声色，一定要把孩子抱在膝上，加以询问，她一定会注意那些表现毕爱丽黛的完全无上的纯洁的成千的证据，她一定会猜到她的病症，懂得精液和迂回的热血如何的在妨碍消化器官之后又冲到肺部上来。这些显著的红斑一定会让她知道这致命的危险的重大性。但是，一位从来没有唤醒过维持家庭关系的情绪的老小姐，一位不认识儿童的需要、不认识成年时代所必要的谨慎的老小姐，她却没有家庭生活所灵感的任何的宽恕和怜悯。贫困的苦恼不但不能够柔和她的心田，反而在那里结下许多的赘瘤。

“她脸红了，她做了错事！”雪丽薇对自己说。

所以，毕爱丽黛的缄默却得到最坏的解释了。

“毕爱丽黛，”她说，“您表哥没有下楼之前，咱们谈一谈吧。来，”她用比较温和的口吻说，“关上朝街的那道门。如果有人来，他得拉铃，我们可以听得见。”

不顾江上的浓雾，雪丽薇带领着毕爱丽黛走过蜿穿草地一直引到假石土台旁的优美如画的堤塘的那条满生蝴蝶花和水草的沙径。老小姐改变了作风，她想用柔情来克服毕爱丽黛。恶狼装作母猫。

“毕爱丽黛，”她对她说，“您已经不是孩子了，您马上就要十四岁了，您有一位情人，这并不足为怪。”

“但是，表姐，”毕爱丽黛说着，仰起她那天使一般温和的眼睛，瞧着恢复女店员神色的表姐的那副尖刻而冰冷的脸孔，“什么叫做情人？”

让雪丽薇给弟弟的被保护人、这位小女孩正确而合礼的界说一个情人是不可能的事。她并不在这里看到可敬的纯洁的意境，而认为是一个罪过。

“一个情人，毕爱丽黛，一个情人是爱我们而要娶我们的男人。”

“啊！”毕爱丽黛说，“在布列颠，当人家同意的时候，我们就可以叫这个年青男子做未婚夫。”

“好了，您想想：把您的情感献给一位男子，这并没有任何的罪过，小姑娘。罪过是在于守秘密。您没有偶然间让一两个到这里来的客人喜欢吗？”

“我不相信有这一回事。”

“您没有爱过他们之中的任何一个人吗？”

“没有。”

“的确的吗？”

“的确的。”

“您瞧着我没有，毕爱丽黛？”

毕爱丽黛瞧着她的表姐。

“可是今天早晨不是有一个男子在广场上叫您吗？”

毕爱丽黛低下眼睛。

“您不是走到窗口，开了窗、说了话吗？”

“没有，表姐；我要看看天气好不好，我看见广场上有一个乡下人。”

“毕爱丽黛，自从您领过第一次圣体之后，您进步多了，您是

“好吧，您是在上帝面前!”老小姐用严肃的姿势指着花园和天空说。

服从而信虔的，您爱您的亲戚如上帝；我对您很满意，我没有告诉过您这句话，完全是怕引起您的骄傲。”

这可怕的女人就把颓唐、屈服、贫困的寂寞认为是德性！能够安慰苦恼的人、殉道者、艺术家因为羡慕和仇恨而产生的神圣的感情的一个最温和的办法，这就是在他们遇到检查和狐疑的地方给他们找些颂词。毕爱丽黛于是就朝着她的表姐仰起多情的眼睛，觉得要在她的身边宽恕了一切她所赐予的苦痛。

“但是，如果这一切都只是胡说的话，如果我得把您看作是在我怀中找暖和的毒蛇的话，您就是一个无耻的女人、可恨的畜生!”

“我不相信有什么让人责骂的地方。”毕爱丽黛看到这意外的称颂又突然变成可怕的豺狼的声调，心中不禁紧缩起来，就这样的说。

“您知道撒谎是一个致命的罪过吗?”

“我知道，表姐。”

“好吧，您是在上帝面前!”老小姐用严肃的姿势给她指着花园和天空说，“请您跟我发誓说您不认识这个乡下人。”

“我不发誓!”毕爱丽黛说。

“啊！这并不是一个乡下人，小毒妇!”

毕爱丽黛受到这个道德问题的恫吓就逃走了，好像一只穿过菜园而受惊的母鹿似的。她的表姐用骇人的声音呼唤她。

“人家在拉铃哩。”她回答说。

“啊！多阴险的小姑娘啊!”雪丽薇对自己说，“她真狡猾！现在我确信这个小水蛇缠住上校了。她听见我们说他是男爵。当男爵夫人！真傻的小姑娘！噢！我要排除她，把她送去当学徒，并且得趁早办。”

雪丽薇还是这样的沉没在她的思想之中，她甚至于没有看见她的弟弟走下沙径，瞧着严霜在大利菊上所产生的灾害。

“好吧，雪丽薇，你在那儿想些什么呢？我还以为你在看鱼哩！有的时候，有的鱼跳出水面。”

“不。”她说。

“那么，您睡得怎么样呢？”

于是，他就告诉她夜里的梦境。

“你没有发现我的涂黑的脸色吗？”

这又是罗格郎私人字汇的一个字眼。

自从罗格郎恋爱（我们不要用粗俗的眼光来看这个词）而欲求查尔慈倍夫小姐之后，他很不放心他的气色和他自己。这时刻，毕爱丽黛走下了草地，远远的宣告早饭已经预备好。看见了她的表妹，雪丽薇的脸色又发青而变黄了：她的胆汁整个的流转。她看着走廊，觉得毕爱丽黛应当得擦净他。

“如果您要的话我就擦。”这个天使回答着，没有知道这工作对于少女所有的危险。

饭厅是不可加以厚非的排布好了。雪丽薇坐了下来，在整顿早饭之中竭力的要求许多平静的时候所没有想到的东西，可怜的小姑娘坐下吃饭的时候，她就这样有意的叫她起来。但是一个咤叱是不够的，她要找一个责骂的题目，然而却因为找不到而心内发怒。如果有些鲜鸡蛋的话，她一定要埋怨她的鸡蛋煮不好。她不耐烦的回答弟弟的傻问题，然而她却只是看着他。她的眼睛避免着，不看毕爱丽黛。毕爱丽黛是特别敏捷感觉这个家务的；她给表姐表哥端来咖啡，这咖啡是用大银杯盛好的，她就用这银杯来温暖隔汤炖的奶油牛奶。姐弟两个人亲自在那里加入雪丽薇所制的成分适宜的黑咖啡。当她细心预备享受的时候，她看见有一点儿咖啡沫；她故意在黄色旋涡中拨着他，看着他，侧过身来好好的瞧着他。风波爆发了。

“你怎么啦?”罗格郎说。

“我……小姐在我的咖啡里放些烟灰。喝烟灰咖啡，这真有意思！……呃！这不足为奇：人家不能够同时好好的做两桩事。她好好的想到咖啡！一定有一只乌鸦飞过她的厨房，她今天早上没有当心！她怎么能够看见烟灰飞扬呢？并且又是表姐的咖啡！啊！这在她都是不在乎的。”

她这样装腔作调的说着，一面在盘子的边缘放下滤过的咖啡渣和一些没有溶化的糖块。

“但是，表姐，这是咖啡。”毕爱丽黛说。

“啊！难道是我撒谎吗?”雪丽薇叫了起来，瞧着毕爱丽黛，用发怒的逼人的眼光恫吓她。

这不是感情所扰搅的器官的用处，就是引起许多生命的流液。眼睛在发怒时所有的过分的光亮此时之发生于罗格郎小姐身上，正如从前在店铺里为着给手下人一个致命的可怕的印象而睁大眼睛时之应用她的眼色的力量一样。

“我劝您给我道歉，”她接着说，“您这个只配得离开桌子一个人到厨房去吃饭的东西!”

“你们两个人有什么事啊?”罗格郎叫了起来，“你们今天早上简直发了疯了。”

“小姐知道我为什么反对她。在跟你谈论这问题之前，我给她留下时间，让她定下一个主意，因为我要给她比她所应得到的还要大的恩惠!”

毕爱丽黛从玻璃窗上看到广场，希望可以避免骇人的表姐的眼光。

“她并不比这个糖罐还用心的听我的话！然而她却有一只精细的耳朵，她在房屋的高处说话，给站在下面的人回答……她是奸邪的女子，这个受你保护的孩子！一种说不出名目的奸邪的女子，你也不必希望等着从她身上得到好处，你听明白了没有，罗格郎?”

“她到底做了什么事这样的严重?”弟弟问姐姐。

“她这样的年纪，这未免太早了!”愤懑的老小姐叫了起来。

毕爱丽黛起来收拾杯盘，希望能够因此而有一个自如的态度：她不知道如何的自持。虽然这种话语并不是没有听见过的，然而她却从来没有习惯过这恶语。表姐的发怒使她以为她有什么罪恶。她问自己：如果她知道布里古的逃走的话，她要如何的奋激。也许人家要给她排除布里古。她脑子里有这样迅速、这样深刻的成千的奴隶的思想，她决定用一个绝对的寂寞去反抗她的良心所没有认为恶劣的一个事实。她得听见这样暴厉、这样酸刻的话语，这样刺人的假设，甚至于当她走进厨房的时候，她不禁觉到胃口的紧缩，而大吐特吐了。她不敢怨恨，她没有把握是否可以得到人家的看护。她惨白而灰黄的回来，说是不舒服，就登楼去睡觉去，一步一步的依着栏杆走，还以为死期到临了。

“可怜的布里古!”她对自己说。

“她病了!”罗格郎说。

“她，病了！装病!”雪丽薇高声的回答，故意让她听见，“她今天早上并没有病，你去!”

这最后的一个打击把毕爱丽黛压倒了。她睡在眼泪里，请求上帝把她从这世界召回天上去。

一个月左右，罗格郎不必到古罗家里去取《宪政报》；上校逢迎的来找报纸、谈谈天、气候好的话就带领罗格郎出去散步。确信能够见到上校、能够询问他，雪丽薇就穿得特别的妖艳。老小姐以为穿一件绿色袍，带一条红边黄色毛肩巾，戴一顶插有灰色羽毛的白帽是娇艳的。计算上校要来的时候，雪丽薇就跟她的弟弟一块儿坐在客厅里，她勉强要她的弟弟穿着拖鞋、披着屋内便服，留在那里。

“天气真好，上校！”听见上校的沉重的脚步声，罗格郎就说，“但是我还没有穿好衣服，也许我姐姐想要出去，她叫我在家里看房子；请您等着我吧。”

罗格郎让雪丽薇一个人和上校留在客厅里。

“您打扮得跟仙女一样，您要到哪儿去呢？”古罗注意到老小姐那麻斑的脸孔上所有的一种严肃的神气，就这样的问。

“我要出去；但是因为小姑娘不舒服，我只好留在家里。”

“她怎么啦？”

“我不知道，她求我让她睡觉去。”

古罗和维纳的联合不断的唤起了他的谨慎（暂不说其为狐疑），当然，最成功的部分是属于律师的。律师编辑报纸，像主人一般的统治着报馆，他把大部分的收入都认为是编辑的结果，而负责出版人上校却只赚到极乎微小的利益。维纳和古尔南都给罗格郎姐弟效过大劳，然而退伍的上校却什么也帮不了他们的忙。谁要当议员呢？维纳。谁是大选举人呢？维纳。谁要让人家请教呢？维纳！最后他也和维纳一样的认识这位查尔慈倍夫·巴娣尔黛小姐在罗格郎身上所燃起的情火的范围和深处。这情感变成无稽的，正如一切男人的最后的情感一样。巴娣尔黛的声音使单身汉发抖。满腔的欲求，罗格郎隐瞒着这欲望，不敢希望这结缡。为着打探杂货商人的意向起见，上校就想对他说，他要向巴娣尔黛求婚；罗格郎看见有这么一个劲敌，不禁脸色惨白了，他对古罗变成冷淡的，几乎有点恨他。维纳整个的统治着这公馆，然而上校却只用欺人的、虚假的情感（这情感并且还没有在雪丽薇身上宣告出来）来归附这家庭。当律师给他揭破教士的用心，劝他和雪丽薇断绝而追求毕爱丽黛的时候，维纳刚好逢迎了上校的意向；但是分析了这其中的亲切的意义，研究了这周围的环境，上校就认为他的盟友是有意的让他跟雪丽薇不睦，希望利用老小姐的恐惧使一切罗格郎的财产都落在查尔慈倍夫小姐手中。所以，当罗格郎让他一个人和雪丽薇留下的时候，上校的智慧就使他看出了雪丽薇的不安的思虑。他觉得她已经计划好预备在她和他一个人单独在一起的时候整个的武装起来。上校已经极度的怀疑过维纳给他要把戏，他认为这会谈就是这位法界的狡猴所布置下的巧妙的秘密；他就好像在敌国军前仰起眼睛，看着田野，倾听任何微细的声响，手中持着武器打前哨战时一样，非常的谨慎。上校的错误，就是从来不相信女人们所说的任何一句话。所以，当这位老小姐让毕爱丽黛躺卧在毛毡之上，说她白天午睡的时候，上校还以为雪丽薇只是因为妒忌而把她关在房子里惩戒惩戒她而已。

“她变得很文雅，这位小姑娘。”他从容的说。

“她要变成美丽好看的。”罗格郎小姐回答说。

“您现在得把她送到巴黎的店铺里去，”上校加上一句说，“她可以在那里赚钱发财。现在贩卖时装品的人需要非常美丽好看的女人。”

“这真的就是您的意见吗？”雪丽薇声音失调的问。

“好！让我猜着了。”上校心里想。“维纳一定要劝我跟毕爱丽黛将来结婚，因而使我失去了这位老女巫的宠爱。——但是，”他高声的说，“您要怎么样呢？您难道没有看见一位无人可比的美貌小姐查尔慈倍夫·巴娣尔黛，一位贵族出身而有权贵亲属的小姐却落得只好给圣加泰琳梳妆吗？谁也不要她。毕爱丽黛什么也没有，她永远嫁不出去。自从皇上组织禁卫军以来，我就当了禁卫军骑兵队的队长，我曾经走过一切的京城，认识一切京城的最美丽的女子，您以为青春和美貌值得我的注意吗，比方说？青春和美貌，这是太乎平常而愚笨的！……请您不要再跟我谈到她了。

四十八岁的年纪了，”他装出老年人的神气说，“当我经过莫斯科的惨败，参加过可怕的法兰西战役之后，我的肾早就弄坏了；我是一个年老的好好先生。像您这样的一个女人可以伺候我，可以宽待我；并且这个女人的财产再加上我一千厄古的可怜的养老金也可以使我的晚年幸福，我一千倍的选择这种女人，我不要给我产生许多麻烦、当我六十岁常常伤风的时候她却只有三十岁而富于情欲的年轻的妖妇。在我这样的年龄，我得计算。您听，我们彼此了解，不让别人听见，我可以说：如果我结婚的话，我绝不愿意生孩子。”

这一段演讲使雪丽薇的脸色发亮，她的赞叹也使上校确信维纳的卖友行为。

“那么，”她说，“您不爱毕爱丽黛吗?”

“啊，这个！您疯了吗，亲爱的雪丽薇?”上校叫了起来，“难道没了牙齿才咬胡桃吗？谢谢上帝，我还没有发疯，我知道清楚我自己。”

然后，雪丽薇就不愿意人家谈到她自己，她谈到她的弟弟，自以为很精细。

“我弟弟，”她说，“想让您结婚。”

“但是，您弟弟不能够有这么不合体的思想。几天之前，因为要打探他的秘密，我故意告诉他我爱巴娣尔黛，他简直发白得跟您的颈圈一样。”

“他爱巴娣尔黛吗?”雪丽薇说。

“真是发了疯！当然巴娣尔黛只爱上他的钱（圈套，维纳！——上校心里想）。他怎么能够谈到毕爱丽黛呢？不，雪丽薇，”他说着，拉着她的手，用某种方式紧握着，“因为您让我讲到这问题……（他靠近雪丽薇的身边）好吧……（他吻她的手，他曾当过骑兵队的上校，他要证明他的勇敢）您得知道，除了您以外，我不要任何其他的女人。虽然这婚姻有点门户相当的神气，在我方面，我觉得我对您是有感情的。”

“其实是我要您娶毕爱丽黛。如果我把财产送给她呢……哼！上校？”

“但是我不愿意内心苦痛，我不愿意十年之后看见一个和儒里亚尔一样的年青的轻佻儿在我的妻子身边打绕，给她在报纸上写许多的献诗。在这一点上，我未免太丈夫气了！我绝对不要一个年龄不相符的婚姻。”

“好，上校，我们将来得严肃的谈一谈这问题。”雪丽薇说着，给他投去一道自以为是满充着爱情的眼色，其实这眼色倒很像吃嚼儿童的恶魔的目光。

她那冰冷而青紫的嘴唇缩回黄色的牙齿上，她以为这就是微笑。

“我来了。”罗格郎说，带领着给老小姐亲切行礼的上校。

古罗决定要迅速的和雪丽薇结婚，因而能够变成公馆的主人，他自许能够用从雪丽薇身上所得到的影响来摆脱巴娣尔黛和夏倍尔·西勒斯黛。所以，在这一次的散步中，他就对罗格郎说前次的探询只是跟他开玩笑：他对巴娣尔黛并没有任何的野心，他并不阔绰，不能够娶一位没有嫁资的女人；然后，他又把自己的计划告诉他，说是久已属意于他的姐姐，因为她有善良的性格；总之，他觉得当他的姐夫是很幸福的。

“啊！上校！啊！男爵！如果只需要我的同意的话，这就可以依据法定的时间来举行了。”罗格郎叫了起来，觉得排除了这个可怕的劲敌是很幸福的。

整个的早晨，雪丽薇都在她的寓所里忙着研究要在什么地方来建立她的家庭。她决定给弟弟添盖第三层楼，把第二层楼排布得整整齐齐的，让她和她的丈夫居住；但是，正如一切的老小姐一样，她也自许在决定之前给上校施行几个试验，看看他的心和他的气质到底如何。她心里总有怀疑，她要确切的知道到底毕爱丽黛和上校是不是没有任何的来往。

晚饭的时候，毕爱丽黛下楼来排布食具。雪丽薇不得不自己下厨房，而污了袍子。她不禁大叫："该死的毕爱丽黛!"当然，如果毕爱丽黛来做晚饭的话，她不至于把绸袍子染了这块油垢。

"您在这儿吗，您这美丽的毕西林？您就好像是被蒸罐的声音所惊醒而睡在灶下的警狗！啊！您要人家相信您病了，小骗子!"

"您没有承认今天早上广场上所发生的事情，所以您所说的话完全是撒谎。"这思想就变成了雪丽薇用来不断敲打毕爱丽黛的心脏和脑袋的斧子。

在毕爱丽黛的极大惊愕之下，雪丽薇晚饭后送她去打扮，叫她出席夜会。狐疑所引起的精神活在老小姐方面，是比急切的幻想更有力量的。在这桩事中，老小姐是胜过政客、法律代言人、法律公证人、票据预支者和吝啬人的。整个的研究了她的周围之后，雪丽薇打算请教维纳。她要毕爱丽黛留在身边，因而能够由小姑娘的举止中知道到底上校所说的是不是真话。查尔慈倍夫家的女人先来。在她表哥维纳的指使之下，巴娣尔黛穿得加倍的漂亮。她穿着一件蓝色棉绒的美丽的袍子、光亮的围巾、石榴石和黄金的耳环、长卷的头发、调皮的十字架、黑色的缎鞋、灰色的丝袜和瑞典的手套，还有王后的神气和那可以从河中诱出任何的罗格郎的少女的娇媚。母亲是安静而严肃的；和她的女儿一样，她也有相当的贵族的无礼的神气：这两位女人就是用这种神气来遮掩一切，来表现她们的阶级的精神。巴娣尔黛有一种高贵的精神，只有维纳一个人在这两位查尔慈倍夫住在家里两个月之后才看得出来。当他测量这个因为浪费青春和美貌而变成冷淡、因为拜金主义的男人们的轻蔑而富有经验的女人的深刻时，维纳不禁惊愕的叫了起来：

“如果我娶了您的话，巴娣尔黛，我现在说不定已经是司法大臣了。我可以叫做查尔慈倍夫·维纳，我也可以坐在国会的右厢席里了！”

巴娣尔黛之所以要结婚，并没有任何世俗的观念。她不是因为要当母亲而出嫁，也不是因为有丈夫而结婚；她是因为要得自由，因为要有一个负责出版人，因为要让人家叫声“夫人”，因为要和其他的女人一样的行动而出嫁的。在她看来，罗格郎是一个家姓，她打算在这位傻子身上找到一些东西，一位以她为灵魂的选举人议员；她要对她的家族报复，因为这家族一点儿也不关心一位可怜穷苦的女子。维纳增大了她的思想、强化了她的念头，他赞叹她的意见，他同情她的思念。

“亲爱的表妹，”他给她解释女人的影响和女人所特有的活动的范围，对她说，“您以为这个最无能耐的迪芬是因为自己的力量而进了巴黎的初审法院吗？不，这是迪芬夫人想法子让他被推为议员的，这是她帮他忙到巴黎去的。她的母亲罗甘夫人是一位可以自由支配银行家迪叶的精细的代母，迪叶是儒僧庄的代父，这两个人和客礼家相联，三家的人给政府和忠实他们的人帮了不少的忙；各衙门都跟这些银行界的贪婪的资本家要好，这些人认识整个的巴黎。迪芬没有理由不会当一个王家法院的院长。嫁给罗格郎，只要我能够在赛纳马恩另一个选举会当选，我们就可以给他弄个普鲁凡的议员，而您也就可以当总收税官的夫人了，这是罗格郎用不着做事只要签字的一个缺。我们得参加反政府党，如果这一党成功的话；但是，如果布尔崩王朝仍然存在的话，啊！我们就得渐渐的倾向中央派！并且罗格郎并不会永远活着，您将来可以再嫁给一位贵族。总之，请您好好的利用您的地位，查尔慈倍夫家也会帮我们的忙。跟我的穷困一样，您的穷困一定可以让您测量男人们的价值：您得利用他们，好像人家利用邮站的驿马一般。一个男人或是一位女人可以带领我们到某一个阶段去。”

维纳把巴娣尔黛做成一个小小的梅迪西斯·加泰琳。他让妻子快乐的跟孩子们留在家里，而老陪着两位查尔慈倍夫女性到罗格郎家里去。他到达了香槟省的议员的全盛时代。这时候他有一副美丽的金枝水晶眼镜、一件绸背心、一条白领结、一件黑裤子、一双精致的长靴和一件巴黎制的黑上衣、一只金表、一条金链子。他已经不是从前那清瘦而惨白、捣乱而阴沉的维纳了，现在的维纳有政治家的风度；他确信他的幸运，他用认识法律的法界人物的特有的稳健走着路。他那狡狯的小头梳得这样的光亮，他那刮得晶滑的颔部给他显出这样俊俏的英勃之气，虽然有点冰冷，他甚至于有点像罗布斯皮尔的神气。无疑的，他可以当一位会说带有伸缩性的流利而害人的语言的检察官，或是一个有孔斯坦·边查民的精细的演说家。最近使他奋发的尖刻和仇恨，却变成了假冒的温和。毒品变成药材。

“祝您今天好，亲爱的，您好吗?”查尔慈倍夫夫人对雪丽薇说。

巴娣尔黛一直走到壁炉边，脱下帽子，在镜里照了一照，就把她那娇嫩的脚靠在灰盘的铁杆上，让罗格郎看见。

“您怎么啦，先生?”她瞧着他说，“您不跟我致敬吗？好，人家因为您才穿丝绒袍子哩……”

她停住话，叫毕爱丽黛当女仆一样的伸手拿她的帽子，让她把这帽子放在一张靠椅上。男人会变成凶猛的，老虎也会如此。但是无论是老虎也好、毒蛇也好、外交家也好、法界人物也好、刽子手也好、帝王也好，他们都不能够在最残暴的时候有那些自以为在家世、财富、爱情、婚姻、机智各方面胜过他人的女人们所有的温和的残忍、狠毒的和蔼、野蛮的轻蔑。

巴娣尔黛对毕爱丽黛所说的“谢谢，小姐”简直是一首富有音乐性的诗章。

她名叫巴娣尔黛，然而另外一个女人却只名做毕爱丽黛。她是查尔慈倍夫家的小姐，然而另外一个女人却是洛兰家的女儿！毕爱丽黛是细小而多病的，然而巴娣尔黛却是肥大而富有生命力的！毕爱丽黛受人家的救济而生长，然而巴娣尔黛和她的母亲却有独立的生活！毕爱丽黛穿一件女教士饰头布所制的袍子，然而巴娣尔黛却使她的袍子的蓝色丝绒摇荡波纹。巴娣尔黛有全省最肥满的肩膀和王后一般的手臂，然而毕爱丽黛所有的却是肩胛骨和瘠瘦的手臂！毕爱丽黛是桑德里恩，然而巴娣尔黛却是仙女！巴娣尔黛就要结婚，然而毕爱丽黛却要终身当小姐！巴娣尔黛受人崇拜，然而谁也不爱毕爱丽黛！巴娣尔黛有悦目的头饰，懂趣味；然而毕爱丽黛却把她的头发藏在一个小头巾之下，不知道任何的时装！结论：巴娣尔黛是一切，毕爱丽黛什么也不是。骄傲的布列颠女子懂得清楚这首可恶的诗章的意义。

“祝您今天好，小姑娘。”查尔慈倍夫夫人用最高傲的神气和掀起鼻尖的声调对她说。

维纳加重这侮辱，他瞧着毕爱丽黛，发出三个音阶对她说：

“噢！噢！噢！我们今天晚上真美，毕爱丽黛！”

“美？”可怜的孩子说，“这句话不应当对我说，应当对您的表妹说。”

“噢！我表妹一向是美的！”律师回答说，“不是吗？罗格郎老伯？”他转过头来朝着公馆的主人说，拍着他的手。

“是的。”罗格郎回答说。

“为什么要他说违心的话？他从来就没有觉得我合乎他的趣味。”巴娣尔黛站在罗格郎的前面说，“这不是真的吗？请您瞧瞧我。”

罗格郎自头至脚的端详她，他轻轻的闭上眼睛，好像被人搔着头盖的家猫一样。

“您太美了，”他说，“让人看了太危险。”

“为什么？”

罗格郎看着着火木，缄口无言了。正在这时候，夏倍尔小姐在上校前头进来了。变成公敌的夏倍尔·西勒斯黛小姐只有雪丽薇卫护她；但是每一个人都对她表示关怀、恭敬和注意，这并且是和他们想要颠覆她的意念同样程度的，使她徘徊于利益的保证和因为哥哥的行动而被人不信任这两个地位之中。虽然主教的助理并不直接加入战场，可是他却猜透了一切。所以，当他知道妹妹没有任何的希望时，他就变成了罗格郎家的一个最顽固的敌人。夏倍尔小姐虽然不当宿舍的女主人或是最高的女主人，她却有一位女教员的神气，这使每一个人都怨恨她。女教员们有一种特殊的戴帽方式。正如英吉利的老妇人独占头帕一样，女教员们也独占这种帽子；架子支着花朵，花朵不只是人造的；放在衣橱里好久，这帽子却总是新的，也却总是旧的，从第一天起已是如此。这些女人的幸福是从模仿画师的模特儿得到的；她们坐在屁股上，而不是坐在椅子上。人家跟她们说话，她们就整个的旋转她们的上半身，而不是只转动她们的头。衣衫的响动可以使人家疑心是这种机器的发条的折断。夏倍尔小姐就是这种女人的一个理想的典型，她有严厉的眼睛、顽皮的嘴唇，她那柔软萎靡的帽钩就在满充着皱纹的颌部下任凭她的动作而前后的摆动。她的脸部点缀着两块相当明显的棕色痣，上面长着毛，使人疑心是凌乱的牡丹蔓。她还抽烟，并且是毫不吝惜的抽烟。大家开始打保斯顿纸牌。雪丽薇的对面就是夏倍尔小姐，上校坐在一旁、查尔慈倍夫夫人的前面。巴娣尔黛留在母亲和罗格郎身边。雪丽薇把毕爱丽黛安置在自己和上校的中间。罗格郎排着另外一张桌子，预备给纳路先生、古尔南先生夫妇来打牌。维纳和巴娣尔黛懂得古尔南先生夫妇所打的魏斯特牌。自从普鲁凡人所谓的查尔慈倍夫贵妇到罗格郎家里来之后，两盏灯就在壁炉台上烛台和挂钟之间光亮着，牌桌用每斤四十苏的蜡烛来照耀，这灯火费是用打牌的抽头来付清的。

“好吧，毕爱丽黛，做您的事儿吧，我的女儿。”雪丽薇看见表妹瞧着上校打牌，就用一种矫饰的温和对她说。

她总是在群众面前装作非常优待毕爱丽黛的神气。这无耻的欺骗激怒了布列颠的女子，使她轻蔑她的表姐。毕爱丽黛拿起了刺绣的工作；但是当她一针一针的挑刺的时候，她一边还是继续着参观古罗打牌。古罗并没有显得知道有一个少女在身边的神气。雪丽薇观察着他，开始觉得这不在意的态度极可怀疑。夜会之中的一个时刻，老小姐曾经做过一次大红心牌，篮子里满堆着筹码和另外的二十七苏钱。古尔南夫妇和纳路来了。年老的后补审判官德斯方特里伊站在壁炉的前面，背上朝着火，翻着衣裾。他是司法部认为有能力而命他当刑事审判官的人，但是自从就职之后，他却未曾有过充足的才干。两个月以来，他已经放弃了迪芬一党，参加维纳一派。查尔慈倍夫小姐在这里大出风头，他瞧着这客厅，觉得这客厅是伟大的，因为这个红色的装饰似乎是用来提高这可敬的人物的美丽。寂寞统治着，毕爱丽黛瞧着人家打“赢牌”。雪丽薇的注意力也被牌的兴趣转移了。

“打这一张吧。”毕爱丽黛指着红心牌对上校说。

上校着手凑一副红心牌；红心牌分散在雪丽薇和他的手中；上校遇到么，虽然雪丽薇手中扣住他的五张小牌。

“这一牌不能算数！毕爱丽黛看了我的牌，上校也就让她出主意。”

“但是，小姐，”西勒斯黛说，“上校的牌是继续凑心，因为他替您找到了心!”

这句话使精细而以普鲁凡的一切利益来开心的德斯方特里伊先生嫣然一笑。他在普鲁凡所扮演的是毕卡尔《仲彩家庭》中的李哥丁。

“这是上校的牌钱。”古尔南说着，他不知道人家所说的是什么意思。

雪丽薇给夏倍尔小姐掷去了一道老小姐们之间互相投送的残暴而温和的眼色。

“毕爱丽黛，您看了我的牌。”雪丽薇眼睛盯住她的表妹，对她说。

“没有看见，表姐。”

“我看见你们一切的人，”考古学家审判官说，“我可以证明小姑娘只是瞧着上校。”

“嘿！小姑娘们，”受惊的古罗说，“她们懂得巧妙的瞟动美眸。”

“啊!”雪丽薇叫了起来。

“是的，”古罗回答说，“她能够看见您的牌，给您开个玩笑。——不是吗，美丽的小姑娘?”

“不，”正直的布列颠姑娘说，“我不会做这桩事，并且在这种情形之下，我对我表姐的牌也是没有兴趣的。”

“您知道清楚您是一个撒谎的女人，并且还是一个傻孩子。”雪丽薇说，“自从今天早晨的事情发生起，人家怎么能够再相信您的话呢？您是一个……”

毕爱丽黛不让她的表姐在她面前讲完她所要说的话。她猜想表姐要给她一大堆的辱骂，她就站了起来，在黑暗里走了出去，登楼到自己房里去了。雪丽薇气得发白，切齿的说：

“她得还我这一账。”

“您要还这一牌的牌账吗?”查尔慈倍夫夫人说。

正在这个时刻，可怜的毕爱丽黛在审判官所打开而忘记关闭的走廊的门上碰了一下额头。

“好，这是报应!”雪丽薇叫了起来。

“她怎么回事呢?”德斯方特里伊问。

“她应该受的。”雪丽薇回答说。

“她什么地方碰了一下。”夏倍尔小姐说。

雪丽薇想不还牌账，故意站了起来，想要装作去看毕爱丽黛到底怎么样，然而查尔慈倍夫夫人却阻止了她。

“先给我们还牌账，”她笑着对她说，“因为等您回来就记不起来了。”

这提议是对付旧日杂货女商人在赌账和争吵中所藏的恶意而发的，也就得到了全场的同意。雪丽薇重新坐了下来，不再想到毕爱丽黛，这种漠不关心的态度并没有引起任何人的惊奇。整个夜会中，雪丽薇都有一种常定的若有所思的神色。九点半钟保斯顿牌戏结束的时候，她就沉埋在壁炉角上的一张靠背椅里，只起来给客人行礼，说声再见。上校使她苦恼，她只知道想到他。

“男人们都是这么虚假的!”她入梦之前昏昏迷迷的对自己说。

毕爱丽黛在门上闯了一个祸，她的头部耳角上碰了一下，这正是少女们分开一部分头发梳成一个发卷的地方。第二天，她发现在那里有许多浓厚的血斑。

“上帝责罚了您!”第二天早饭的时候，她的表姐对她说，“您不听从我，您没有尽本分敬重我，不听我说话，在我还没有说完话的时候就走了出去，您只好得到这个报应。”

“无论如何，”罗格郎说，“得在那里扎上一块敷有盐水的紧压布。”

“噢！这不算什么，表哥。”毕爱丽黛说。

可怜的孩子已经在表哥的话语中发现他对她的关心了。

整个的星期就和开端的时候一样在不断的风波中过去了。雪丽薇变成智巧的，她把过分的暴虐一直推到最野蛮的诛求的地步。伊里人、齐罗凯人和莫希岗人都能够和她同受教养。毕爱丽黛不敢埋怨她所有的空泛的苦痛和脑里所感觉的烦恼。表姐之所以不满意她的原因，是她没有揭破关于布里古的秘密；毕爱丽黛也用布列颠人的固执，保守一种极可了解的缄默。现在每一个人都可以懂得这位孩子给布里古投去的是哪一种的眼色，她以为如果人家发现了布里古，他一定会因为她而灭亡，她本能的希望他能够在她的近边，她很快乐的知道他在普鲁凡。看见了布里古，这在她是多么幸福的一桩事啊！看到她的童年的伴侣，这就好像是放逐在远地的囚人对于祖国所投去的眼色一样，这就好像具有慧眼而能够在受刑之中窥视真理的殉道者朝着苍天所射去的眼色一般。陆军少校的儿子完全了解了毕爱丽黛的最后的眼色，他就在刨削木板、展开两脚规、衡量尺寸、配置木块的时候绞尽脑汁，想方法来给毕爱丽黛通信。布里古终于想出了一条非常简单的计策。深夜某一时刻，毕爱丽黛放下一条绳子，他就在这绳子的末端系上一封信。在毕爱丽黛心身二病所给她产生的万分的苦痛中，她是以能够和布里古通信来支持她的生命的。同一的欲望激动着这两颗心：他们是隔离的，然而他们却互相的了解！每一次心中受到打击、每一回头上受到刺激的时候，毕爱丽黛都对自己说：“布里古在这里!”于是，她也就受苦而不埋怨了。

第一次在教堂里相逢之后，布里古就在第一次上市时探视着他的小女朋友。虽然他看见她颤抖发白得简直像十一月即将脱枝的树叶，他却神志镇定的跟在可怕的雪丽薇后面，和售卖食品的女商人品论货价。布里古居然能够给毕爱丽黛溜过一封信，他一边跟女商人打哈哈，一边狡猾而自然的溜过这张纸，好像他从来只会做这把戏似的，因为他是用冷静的态度来行动的，虽然他的热血掠过他的耳朵、沸腾他的心坎、涨破他的动静脉管。他表面上有老囚犯的决心，而内心里却有无罪的人的颤抖，完全和某些站在两个危险、两个苦滩之间而有生命之虞的母亲们一样。毕爱丽黛觉到布里古的神志错乱，她把纸张塞在蔽膝布的口袋里，两颊发烧得和樱桃一般的红。这两位孩子都在不知不觉之中互相产生出可以付给十个普通的爱情的代价的情感。这一刹那却在他们的灵魂中留下一个剧烈的情绪的源泉。不明白布列颠口音的雪丽薇看不出布里古是一位情人，毕爱丽黛也就带了这个宝物回到家里来。

这两位可怜的孩子的信件应当可以拿来做法律辩论的文据，因为在这悲惨的环境之下，谁也不会发现这些信件。这就是毕爱丽黛晚上在房子里所念读的一封信：

我亲爱的毕爱丽黛，午夜，当每个人都在睡乡里而我却为你而醒觉的时候，我每夜都要到厨房的窗下来。你可以由你的十字窗放下一条相当长而能够到达我的绳子，你切不可弄出声音，你可以在这里系上你所要给我写的信，我也可以用同样的方法回复你。我知道他们已经教过你读书写字，这两位应当给你做下许多幸福然而却给你许多苦痛的可怜的亲戚！你，毕爱丽黛，你是一位为法兰西而殉国的上校的小姐，你却被这些人妖压迫而给他们做厨房！……原来你那好看的脸色和你那美丽的健康就是这样跑走了的！我的毕爱丽黛变成了什么样子的呢？他们到底怎样的对待她呢？我看得清楚你并不适意。噢！毕爱丽黛！回到布列颠去吧！我可以赚钱来供给你所需要的一切：你每天可以有三个佛郎；因为我赚了四五个，而三十苏也就够得我的用度。啊！毕爱丽黛，自从重见到你之后，我是如何为你而恳求慈悲的上帝啊！我祷告他把你的一切苦痛都给了我，让你分享一切的快乐。你到底给他们做了些什么事让他们这样的留住你？你的祖母比他们好。这些罗格郎是狠毒的，他们搬走了你的快乐。你不再像在布列颠那样逍遥的在普鲁凡行走。咱们回到布列颠去吧！总之，我正在这里为你效劳，听从你的命令，请你告诉我你要什么。如果你需要钱的话，我有我们的六十厄古，我可以苦痛的用绳子给你送去，因为我不能够把这些钱放在你那可爱的手中而吻着你的纤手。啊，我可怜的毕爱丽黛！已经好久了，上苍都为我而变成阴沉。自从我把你安放在那不幸的邮车之中以后，我就没有过两小时的快乐；当我重见你那幽灵一般的样子的时候，这位女巫一般的亲戚已经摇动了我们的幸福了。不过我们可以每星期日在共同的祈祷上帝之中得到我们的安慰，上帝也许会好好的听我们。不必说“别了”，我亲爱的毕爱丽黛，今天夜里十二点钟见。

这封信大大的感动了毕爱丽黛，使她反复的读着、看着，一直弄了不止一个钟头；但是她并不是毫无苦恼的想到她并没有可以拿来写信的工具。于是，她就费了九牛二虎之力从她的屋顶房走到饭厅，她居然能够在那里找到一些墨水、一管笔、一些纸而并没有惊醒她那可怕的表姐。午夜之前的一些时候，她写了这封同样被法庭所引用的信：

我的朋友，噢！是的，我的朋友，因为只有你约克和我的祖母是爱我的。上帝宽恕我，但你们的确也是我所不分彼此毫无偏私的加以同样爱敬的两个人。我年纪太小，不能够认识我那年青而死的妈妈；但是你，约克，你和我的祖母，还有我的祖父（上帝召他回天！因为他受了他的毁灭的苦受得多了，这毁灭也就是我的毁灭），总之，你们这两个还活在世上的人，我爱你们的程度是和我的不幸一样的！所以，为着认识我是如何的敬爱你们起见，你们就得知道我是如何的苦痛；然而我却不愿意让你们知道，因为这要让你们太难受了。人家是用我们都不敢对狗类说的话语来跟我说话的！人家是把我当作最渺小之中的最渺小的东西来看待的！我也曾好像是站在上帝面前一样的省查过我自己，我并没有找出有什么对不起他们的地方。在你给我歌唱那首新婚夫妇的歌曲之前，我只在我的苦痛之中感谢上帝的恩典；因为当我祈求他使我离开这世界，当我感觉自己病重的时候，我曾对我自己说："上帝听我！"但是，布里古，因为你在这里，我希望我们离开这里回到布列颠去找我的祖母去，虽然他们说她吞没了我的八百佛郎。我是不是可以有这八百佛郎呢，布里古？如果这八百佛郎是我所有的话，你是不是可以得到这笔款呢？但是这些只是扯谎；如果我们有这八百佛郎的话，我的祖母也不至于住在圣约克。我不愿意叙述我的苦痛来烦扰这位这样善良的圣洁的老太太的晚年；她一定会因此而死亡。啊！这个当她不幸而我要帮助她的时候就对我说"让他去吧，我的小宝宝，让他去，让他去，我的小宝宝，你要弄破你的小手啰"的祖母，如果她知道人家让她的孙女洗盘子；好家伙，我有清洁的指甲，行！多半的时候，我都不能够带回从市场归来把我的臂膀锯断的食物篮。不过，我还不相信我的表哥和我的表姐是坏人；只有他们喜欢骂人的观念是坏的，我觉得我不能够离开他们。我的表哥是我的保护人。有一天，我因为太苦痛了想要逃走而告诉了他们，我的表姐雪丽薇就回答我说武装警察要跟着我来，法律是保障保护人的。我也懂得清楚表哥和表姐并不能够代替我们的父母，正如圣贤不能够代替慈善的上帝一样。我可怜的约克，你要我拿你的钱干什么呢？留着当你的旅行费吧。噢！我是如何的想到你，想到朋脑埃尔，想到大水池啊！我们就是在那里吃过上等的白面包，因为我觉得我是每况愈下了。我病深了，约克！我脑袋里有许多要我喊叫的苦痛，我的骨头里、背脊中也有，因为我不知道腰部里有什么东西在杀害我，我也只对一些坏东西、一些草根、一些树叶有食欲；我还喜欢嗅闻印刷过的纸味。有的时候我真要痛哭我到底是否孑然一身，因为人家都不让我做任何适意的事情，甚至于都不允许我涕泣。我得偷偷的暗地里对那个给我产生我们所谓的热情的恩典的造化流泪。不就是他让你想出这个好主意来到我的窗下歌咏这首新婚曲吗？啊，约克！我那位听见你歌唱的表姐曾经对我说我有一位情人。如果你要当我的情人的话，就请你好好的爱我吧；我答应你要和从前一样的永远的爱你而当你的忠实的女仆。

洛兰·毕爱丽黛

你要永远的爱我，不是吗？

布列颠女郎在厨房里找到了一块面包皮，她就在那里钻了一个窟窿来放信，使她的绳子平稳。午夜的时候，格外谨慎的开了她的窗户之后，她就放下了她的信和她的面包，这面包碰上墙壁或百叶窗的时候一点儿声音也没有。她觉出绳子被布里古拉住，布里古断了绳子之后就和豺狼的步伐一样的慢慢的走远了。当他到达广场中央的时候，她居然能够在星光之下模糊的看见他；但是他却在烛光所照射的明亮的地方里端详着她。这两位孩子就这样的愣住了一个钟头，毕爱丽黛给他做了暗号叫他走，他走了，她停留，他又回到他的原地，毕爱丽黛又重新叫他离开广场。这样一来一往的做了好几次，一直等到小姑娘关了她的窗户，上床就寝，吹了烛光之后为止。一爬上床，她就幸福的睡觉了，虽然是苦痛的：她的床头有布里古的信。她就好像被迫害的人一般的睡着，这是天使所美化的梦景，富有黄金气味和海外空气，满充着拉发埃尔所瞥见而带回的神圣阿拉伯的风味的梦景。

精神上的环境对于这个弱质的身体有极大的权力，第二天，毕爱丽黛就好像是一只神采奕奕的快乐的百灵鸟一样愉快而轻松的起来。这样的变化无法瞒过她的表姐的眼睛，这一次她并不斥骂，而是开始用乌鸦一般的注意力来观察她。“她哪儿来的这些快乐？”这是妒忌的思想，并不是暴虐的念头。如果上校没有占住雪丽薇的话，她一定要和以前一样的对毕爱丽黛说：“毕爱丽黛，您太顽皮了，您对人家告诉您的话简直毫不顾虑！”老小姐就决定用一般老小姐所特长的探察来侦查毕爱丽黛。这一天正是和暴风雨之前一样的黯淡、沉寂。

“所以，您已经不再生病了吗，小姐？”吃饭的时候雪丽薇说。“我不是对你说过吗？她所做的一切都是要让我苦恼的！”她没有等到毕爱丽黛的回答就对她的弟弟嚷着说。

“相反的，表姐，我好像发烧似的……”

“发什么烧呢？您就快乐得跟黄雀一般。您大概是重逢了什么人吧？”

毕爱丽黛颤抖着，低下眼睛，瞧着她的食盘。

“装什么！”雪丽薇嚷了起来，“十四岁的年纪！就已经！真是什么天性！但是，您就要做一个不幸的女人吗？”

“我不懂得您的意思。”毕爱丽黛一边回答着，一边对她的表姐仰起她那发亮的棕色的美眸。

“今天，”她说，“请您留在饭厅里用一支蜡烛工作。您在客厅是多余的，我也不愿意您瞧着我的把戏来告诉您的情人们。”

毕爱丽黛神色不变。

“真会装傻!”雪丽薇走出的时候嚷着叫。

罗格郎一点儿也不懂得姐姐所说的话是什么意思，他对毕爱丽黛说：

“您到底有什么事情呀？拍拍您的表姐去吧，毕爱丽黛；她很宽大、很温和，如果您给她开玩笑，您就的确错了。你们为什么吵架呢？我，我喜欢清清闲闲的活着。你看看巴娣尔黛，你得学她的榜样。”

毕爱丽黛能够忍受一切，布里古一定要于半夜给她带回信来，这希望是她这一天的临终圣礼。但是她却用着她这最后的力量!她并不睡觉，她一直站着，听着挂钟一点钟一点钟的打，小心翼翼，只怕弄出声音。终于打了午夜十二点钟，她轻轻的打开了她的窗户，这一次她是用一条由许多找来的小绳子结在一起的绳索。她听到了布里古的脚步声，当她收回她的绳子时，她读到使她满腔喜悦的这么一封信：

我亲爱的毕爱丽黛，如果你这样的病痛的话，你不应当受累来等我。你以后可以听见我和朱安党人一样的叫喊。侥幸得很，我的父亲曾经教过我学他们的叫喊。所以，我要叫喊三声，你就知道我来了，你就给我抛出绳子；但是我在几天之后才能来的。我希望能够给你报告一段好消息。噢，毕爱丽黛，死！但是，毕爱丽黛，你想到这个观念吗？我的心整个的颤动了；一想到这个观念，我几乎相信自己已经死了。不，毕爱丽黛，你不会死，你要快乐的活着，你不久就可以从压迫你的人手中解放出来。如果营救你的企图失败的话，我就要诉诸法律，而我也要向天地诉说你那可恶的亲戚是如何的对待你。我确信你只有几天的苦痛了：请你忍耐，毕爱丽黛！布里古要和从前在池上滑冰把你从那几乎损失我们两个人的性命的洞穴里救出你的时候同样的看顾你。——再见，毕爱丽黛，如果上帝愿意的话，几天之后我们就可以变成快乐的。唉呀！我不敢对你说唯一反对我们的结合的一桩事。但是上帝爱我们！几天之后我就可以看见解放了的我的亲爱的毕爱丽黛，没有顾忌的，没有人妨碍我来看你，因为我的确渴望来看你，噢，毕爱丽黛！你这位愿意爱我而对我说爱我的毕爱丽黛。是的，毕爱丽黛，我将来要当你的情人，但是这得等我能够赚到够你花用的钱之后，从今天到那个时刻之前，我只愿意当一位任你驱使的生活上的忠实的奴才。再见。

布里古·约克

这就是少校的儿子没有对毕爱丽黛说的。布里古已经给住在南特的洛兰夫人写了一封这样的信：

洛兰夫人，如果您不来要回您的孙女，她就要因为饱受苛虐而死去；我甚至于不能够认识她，为着使您自己判断这些事情起见，我特将所收毕爱丽黛的信附在此信之上。您是为着得到您的孙女的财产而居留在这里的，您得辩解人家对您所下的这个责难。总之，如果您办得到的话，就请您快点来；我们还能够成为幸福之人，但是晚了的话，您就要找到一个死的毕爱丽黛。

我是尊敬您的忠实的奴才

布里古·约克

通讯处：普鲁凡大街细木匠佛拉比尔先生转。

布里古生怕毕爱丽黛的祖母已经不在人间。

虽然无意中自认为是情人所给她写的那封信在这位布列颠的女郎看来简直就是一个谜，她却用处女的信心来相信他。她心中的感觉就好像是在沙漠中看到远处有围绕水井的棕树的旅人所有的感觉一样。几天之内她就可以变成幸福的人，布里古这样告诉过她；她就睡在童年的伴侣的允许之中；然而把这封信和前信合在一起看的时候，她却苦楚的表露了一个可怕的思想：

"可怜的布里古，"她对自己说，"他不知道我的两只脚陷在哪一种洞穴之中！"

雪丽薇听见毕爱丽黛的动作，她也在她的窗下听见布里古的动作；她爬起床来，紧迫的跑去从百叶窗里透视而细察着动作的地点，她在月光之下看见一个人躲开走到上校所居住的布里古所站在对面的那座房子去。老小姐轻轻的打开自己的房门，登上了楼，惊愕的看见毕爱丽黛房里有灯光，她从锁匙的穴洞里瞧了进去，然而却什么也看不到。

"毕爱丽黛，您病了吗？"

"没有病，表姐。"吓了一跳的毕爱丽黛回答说。

"那么，您为什么半夜点灯呢？开门。我得知道您干的是些什么。"

毕爱丽黛光着脚来开门，她的表姐看见毕爱丽黛因为受惊而忘记收紧的堆在那里的绳子。雪丽薇奔了过去。

"您用这个干什么？"

"没有什么，表姐。"

"没有什么？"她说，"好！总是撒谎。您不会这样的走到天堂里去。您再去睡吧，您着凉了。"

她不再追问，退了出去，让毕爱丽黛由于她这种宽仁而受到恐吓的打击。雪丽薇不发作，她反而突然决定去恐吓上校和毕爱丽黛，去获取信件，使这两位欺骗她的情人惊讶。感觉到自己的危险，毕爱丽黛就用这两封信来填厚她的胸衣，再用棉布把他们包好。

毕爱丽黛和布里古的爱情就这样的结束了。

毕爱丽黛很高兴她的朋友的决定，因为表姐的狐疑将要因为找不到根据而失败。果然，雪丽薇花了三个夜间来转动她的腿部，花了三个晚上来侦探无辜的上校，然而却没有看见他在毕爱丽黛房里，也不在家里，也不在外面，任何的东西都不能够泄露他们的私通。她把毕爱丽黛送去忏悔，依照她的习惯，祈求上帝为着发掘这位女子心中的一切起见使她有侦探们和巴黎进口检查处的检查员们的智慧。她什么也没有发现。她的愤怒到达了人类感情的最高峰。如果毕爱丽黛在那里的话，无疑的她要毫不留情的打她。在这样器量小的一位女子方面，妒忌不仅是一种感情，而且更是一种职务。她活着，她觉得心脏跳动，她有从来所未曾有过的情绪：最轻微的弹动就可以使她惊醒，她听着最轻微的声音，她用一种黯淡的忧虑来观察毕爱丽黛。

“这个小妖精真要杀死我啦!”她说。

雪丽薇施于表妹的苛刻到达了最为精细的残酷的地步，使毕爱丽黛所处的可怜的环境更加恶化。可怜的小姑娘周期的发烧，她的头痛病变成了不可忍受的。一星期之中，她给罗格郎家的熟客献出了一副确曾感动过比较不残暴的兴趣的苦痛的脸孔；也许是在维纳的指使之下，纳路医生一个多星期一直没有来。雪丽薇所疑惑的上校生怕婚事不成，只给毕爱丽黛表示极乎轻微的关切。巴娣尔黛解释说，这位孩子的变迁是想得到的自然而无危险的病势。最后，一个星期日的晚上，当毕爱丽黛留在高朋满座的客厅里的时候，她不能够抵抗这么多的苦痛，整个的昏厥了。第一个看见她昏厥的上校就去扶着她，把她带到一张安乐椅上。

“她是故意的。”雪丽薇瞧着夏倍尔小姐和那些跟她一起游戏的人们说。

“我的确告诉您令表妹病得很重。”上校说。

“她在您的怀抱里倒是很安健的。”雪丽薇用一种可怕的微笑对上校说。

“上校说得对，”查尔慈倍夫夫人说，“您得请一位大夫来。今天早上在礼拜堂里，走出来的时候，大家都在谈论一目了然的洛兰小姐的健康。”

“我死了。”毕爱丽黛说。

德斯方特里伊叫了雪丽薇，请她脱下表妹的袍子。雪丽薇一边跑，一边说：

“这是装病！”

她脱下毕爱丽黛的袍子，她要去动毕爱丽黛的胸衣；这时候，毕爱丽黛忽然有了超人的力量，她重新站了起来，嚷着说：

“不！不！我要睡觉去。”

雪丽薇已经摸着胸衣，她的手已经在那里感觉到有纸张。她让毕爱丽黛跑去，对大家说：

“好啦，你们说她是什么病呢？这是假病！你们猜不透这个女孩子的邪恶。”

夜会之后，她留住维纳，她生了气，她要报复；当上校给她告辞的时候，她对他非常的无礼。上校对维纳投去某一道一直刺进肚皮似乎在那里画下一颗子弹的地位的眼色。雪丽薇请求维纳留住。当他们只有两个人的时候，老小姐就对他说：

“绝不，我一辈子也不会嫁给上校！”

“您现在已经下了决心了，我也可以说话了。上校是我的朋友，但是我和您的友谊是在我和他的交情之上：罗格郎曾经给我效过我一辈子也忘不了的大劳。我是个好朋友，同时也是个难于和解的仇人。无疑的，一旦进了议院，人家就可以看出我会爬到什么地步，罗格郎也可以变成我这样子的收税官……好吧，请您给我发誓不要告诉人家我们所谈的话！”

雪丽薇做了一个肯定的记号。

“先说，这位上校是个打牌的专家。”

“啊！”雪丽薇说。

“如果没有感情给他圈住的话，他说不定已经是法兰西的元帅了。”律师接着说，“所以，他可以吞没您的财产！但是他是一个深刻的人。您别相信夫妇们可以自由生孩子或是不生孩子：儿女是上帝所赐的，您知道您要遇到什么情况。不，如果您要结婚的话，请您等我当议员，您也就可以嫁给将来的法院院长、这位老德斯方特里伊。为着报复起见，您无妨叫您弟弟娶查尔慈倍夫小姐，我负责征求她的同意；她可以得到两千佛郎的息金，您也可以和我一样变成查尔慈倍夫家的联盟者。请您相信，查尔慈倍夫家总有一天会因为表兄弟表姐妹的关系而支持我们。”

“古罗爱毕爱丽黛。”这是雪丽薇的回答。

“这是很可能的，”维纳说，“并且在您死之后他很可能娶她哩。”

“打的真是一个好算盘。”她说。

“我已经告诉过您他是一位魔鬼一般的狡猾的人！叫您弟弟结婚，宣告您要继续当小姐来把您的财产留给您的外甥外甥女们，您就可以一箭双雕的打倒了毕爱丽黛和古罗，您也可以看到他要给您做出什么脸色。”

“啊，真的！”老小姐叫了起来，“我抓住他们了。她得到店铺里去，什么东西也没有。她一个钱也没有，她得跟我们一样，她得做工！”

把他的计划装进雪丽薇的脑袋之后，维纳就出去了；雪丽薇的头脑是他所熟识的。这位老小姐最终得相信这种计划是她自己的主意。维纳在广场上发现抽雪茄的上校在等着他。

“停住！”古罗对他说，“您把我崩毁了，但是在这崩毁之中却有相当的石片足以埋死您的。”

“上校！”

“没有什么上校，我要给您苦头吃；先说，您永远也当不了议员……”

“上校！”

“我有十票，这选举是依赖……”

“上校，请您听我的！不只是因为雪丽薇吗？我刚刚给您辩护过：她骂您，相信您给毕爱丽黛写信，她看见过您半夜里从家里出来走到她的窗户底下……”

“真发现得好！”

“她要叫她弟弟娶巴娣尔黛，把她的财产留给他们的儿女。”

“罗格郎也有吗？”

“是的。”维纳说，“但是我答应您给您找一个又年青又可爱的姑娘，带有十五万佛郎的息金。您疯了吗？我们可以互相倾轧吗？虽然有我的辩护，事情还是转过来对付您的；可是您不认识我。”

“好吧，大家应当互相认识。”上校接着说，“请您给我想法子在选举前娶一个有五万厄古的女人，不然的话，对不起。我不喜欢性情难合的人，您已经把整个的被窝拿走了。晚上好。”

“您瞧着吧。”维纳说着，非常动情的握着上校的手。

早晨一点钟左右，三个清脆而仿效入微类似枭鸟的声音就在广场上回响着；毕爱丽黛在烧热的睡梦中听到这声音，她一身流汗的爬了起来，开了她的窗户，看见布里古，给他抛去了系有她的一封信的丝线团。雪丽薇受到夜会所发生的事态和自己的犹豫不决的情意的刺激，她没有睡觉；她以为是枭鸟的声音。

“啊！真是不祥的鸟。但是，瞧！毕爱丽黛起来了，她有什么事?”

听见屋顶楼开窗户的声音，雪丽薇就飞也似的跑到自己的窗前，她听到布里古的信纸沿着她的百叶窗的微触的声音。她拉紧了短袖衣的纽子，轻捷的登楼到毕爱丽黛房子里来，看见她在解开丝带，取出信件。

“啊！您让我发觉了。”老小姐一面嚷着，一面走到窗口来，看见布里古三脚做两步的逃走了。“您给我这封信。”

“不，表姐。”毕爱丽黛说。她在青春的强烈的灵感和灵魂的支持之下动起了我们在一些绝望的民族中所崇拜的伟大的抵抗。

“啊！您不愿意吗?”雪丽薇嚷着，朝着她的表妹面前走去，给她显出一副满充着愤恨的可怖的脸孔。

毕爱丽黛退了几步，因而有时间让她去把她的信拿在手中，她用一道不可征服的力量紧握着这封信。看到了这个动作，雪丽薇就用她那蟹螯一般的大手抓住了毕爱丽黛的白皙的纤手，要打开他。这是一个可怕的决斗、一个无耻的抗争，正如一切打击人们的思想一样，是上帝放在一切权威之外用以秘密联系一切不幸的人和上帝之间的唯一的宝库。这两个女人，一个是垂死的，一个是满充着气力的，两个人互相的瞪视着。毕爱丽黛的眼睛给她的刽子手投去一道在美王菲力座前胸次接受天秤机器人的打击的健儿会会员所发出而使美王菲力不能支持立刻离开这可怕的场所的同样的眼色。这位带有女人和妒忌者两重人格的雪丽薇就用凶恶的目光来回答这富有吸力的眼色。一种可怖的寂寞统治着。布列颠女郎那紧握着的手指，给她的表姐的企图发出一个铜铁一般的反抗。雪丽薇弯折着毕爱丽黛的臂膀，她极力想打开表妹的手指；然而，没有办到，却空空的把她的指甲插进肉中。最后，她疯狂了，她把表妹的拳头拉进自己的牙齿中间，想要咬断表妹的手指，用苦痛来征服她。毕爱丽黛总用贞洁的眼色来挑战。老小姐的愤怒到达了盲目的地步；她握住毕爱丽黛的臂膀，开始把这拳头朝着窗户的栏杆上打，朝着壁炉台的云母石上敲，正如人家要打破胡桃壳来吃胡桃肉一般。

“救命呀！救命呀！”毕爱丽黛喊叫着，“人家杀我啦！”

“噢！你叫，因为我发现你半夜里跟一位情人在一起吗？”

她毫不留情的敲着。

“救命呀！”满拳流血的毕爱丽黛喊叫着。

正在这个时候，门上有急迫的敲门声。两位同等疲惫的表姐妹都停止了战斗。

罗格郎醒来，心中不安，不知道是什么事情，他就起来跑到姐姐房子里来，然而却没有看见她；他害怕了，下了楼，开了门，几乎被布里古和后面跟随着的什么鬼怪吓倒了。这时刻，雪丽薇的眼睛看见了毕爱丽黛的胸衣，她记得曾经在那里感觉过纸张，她就像老虎一般的扑了过去，把这胸衣绕着拳头扎，微笑的指给她看，好像一个伊拉克人把他的仇人来剥皮之前对他所发出的微笑一样。

“啊！我死啦！”毕爱丽黛说着，跪在地下。“谁救我啦？”

“我！”一个白发老妪嚷着说，给毕爱丽黛朝过有两只灰色眼睛在发亮的老爵士夫人的脸孔。

“啊，祖母！您来得太晚了！”可怜的孙女喊着，满面流泪。

毕爱丽黛走去躺在床上，她已经没有了力量，已经被这剧烈的争斗所给病人的打击伤害了。庞大的干枯的鬼怪就和奶妈抱小孩一般的把毕爱丽黛抱在怀里，跟布里古一块儿出去，没有对雪丽薇说一句话，只用一个悲痛的眼色给她一个最为严厉的斥责。这位布列颠装束戴着黑呢短褂一般的风帽的贵妇的出现，加着可怕

“啊，祖母！您来得太晚了！”毕爱丽黛喊着，她的身子倒下床去。

的布里古的伴当，使雪丽薇大为惊骇：她以为是看见了死神。老小姐下了楼，听见关了门，发现自己是鼻子碰鼻子的遇着她的弟弟。罗格郎对她说：

“他们没有杀死你吗？”

“睡你的去吧。”雪丽薇说，“明天早上我们可以商量商量应当怎么办。”

她又重新躺在床上，打开了胸衣，读了这两封使她错乱的布里古的信。她在极端不知所措的情况之下昏睡了，没有疑惑她的行为所要给她发生的可怕的动作。

布里古给洛兰寡妇寄去的信使她产生了一种不可磨灭的喜悦，然而读了这些信之后，却使她纷乱。这位可怜的七十多岁的老太太因为没有毕爱丽黛生活在她的身边而要忧悲死去；她只好自己安慰自己，认为已经丢了毕爱丽黛，为孙女的利益而牺牲自己。她有牺牲的观念所支持激奋的一个永远年青的心肠。她的老丈夫的唯一的快乐就是这个小孙女，他曾经怜惜过毕爱丽黛，任何的日子，他都在他身边找到她。这是那些老年人所借以生存而至于死的一种苦痛。每一个人都可以判断这位隐居在救济院中的老妇人听到这个还发生在法兰西的少见的动作时是如何的幸福。高林纳公司主人高林纳·佛兰苏一约瑟失败之后就跟他的子女一同到美洲去。他太伤心，他不能够破了财没有资金而在南特生活在破产所给他的苦恼之中。一八一四年至一八二四年之间，这位勇敢的商人就在他的儿女和忠实于他给他资本的账房先生的援助之下勇敢的开始经营了另外的一个财富。异常的勤紧而成功的工作之后，第十一年年初，他又回到南特来居住，让他的长子主持大西洋彼岸的公司。他在圣约克遇到了朋脑埃尔的洛兰夫人，亲眼看到受他牺牲的人之中的这位最不幸的女人是如何的忍受着她的贫苦。

“上帝赦宥您！”老妇人说，“因为在我脚踏棺材边的时候，您居然能够给我保证使我孙女幸福的方法；但是，我，我却永远也没有法子恢复我那可怜的男人的权益！”

高林纳先生给他的债权人带来以商业的利率来计算的差不多四万二千佛郎的本息。其他的债权人都是活跃、富有而智慧的商人，他们能够自己维持；然而洛兰一家的不幸在老高林纳看来则是无可救药的，他就答应老寡妇给她的丈夫恢复权益，只要这只是再多四万佛郎的问题。当南特交易所听到这客气的补偿的消息时，人家都愿意在莲纳王家法庭的拘禁之前来接待高林纳；但是这位商人却拒绝这个荣誉的款待而听从商法的严格的处分。所以，洛兰夫人就在收到布里古的信件的前夜接到这四万二千佛郎。写收据的时候，她的第一句话就是：

“这么一来我就能够跟我的毕爱丽黛生活在一起，把她嫁给这位可怜的布里古了，他能够用我的本钱去开发他的财富！”

她不能坐立，她激动，她要到普鲁凡去。所以，当她读了这些不幸的信件之后，她就和一位疯子一般的跑到城里去询问到普鲁凡去的迅速如电的办法。当人家告诉她邮船的快捷的时候，她就登舟成行了。在巴黎，她坐了特罗瓦的车，她刚刚于十一点半来到佛拉比尔店里。布里古看见了这位老布列颠妇人的忧闷的脸色，就对她简单的说了几句关于毕爱丽黛的情形，答应她马上给她带她的孙女来。这几句话吓坏了这位老祖母，她再不能够忍耐，她就跑到广场里来。当毕爱丽黛喊救命的时候，她的心所受到的打击是和布里古的叫声所给她的打击同样剧烈的。他们两个人无疑的可以嚷醒一切的居民，如果罗格郎为着害怕而不敢开门的话。小姑娘在绝境里的喊叫给祖母产生了同样的力量和惊惧，她一直把她亲爱的毕爱丽黛带到佛拉比尔店里来，佛拉比尔的女人已经忙迫的替毕爱丽黛的祖母整理好布里古的房间。他们就把病人安放在这简陋的居处里面的那张好不容易才铺好的床上；她昏绝了，还紧握着她那受了伤、流了血而把手指插进肌肉的拳头。布里古、佛拉比尔、他的女人和老妇人都静静的端详着，大家都受到一种难以形容的惊愕的侵蚀。

“为什么她的手出了血呢？”是祖母的第一句话。

毕爱丽黛被大争斗之后的困怠所征服了，她知道已经脱了危险的地方，就放开了她的手指。布里古的信，好像是答语一般的出现了。

“人家要从她的手里抢去我的信。”布里古说着，跪了下来，捡起了他给小女朋友所写的那封叫她偷偷离开罗格郎家的信。他敬虔的吻着这位殉难者的手。

那时候有一件东西使木匠夫妇发抖，就是看见这位站在孙女床头的鬼怪老洛兰夫人。恐惧和仇恨就在锁蹙于她那牙黄色的皮肤之间的成千的皱痕之中发出晶亮的光辉。蒙着散乱的灰发的额头泄露出一种神圣的愤怒。她用行将就木的老年人的直觉重温着毕爱丽黛的一生，这而且是她在路上所想象的。她猜想到将要使她亲爱的孙女致命的少女的病症！她那一双被忧愁而脱落眉毛睫毛的白中带灰的老眼艰涩的淌出了两颗粗大的眼泪，形成了两颗苦痛的结晶品，显出了一个可怕的新鲜的颜色，渐渐的长大，从她那干枯的双颊上流了下来，而不潮湿他。

“他们给我杀死了她！”她终于握住双手说。

她跪了下来，膝盖在地板石上敲了两下响声，无疑的，她是给布列颠最有力的圣母圣奥莱·安娜许愿。

“一个巴黎的医生！”她对布里古说，“跑到巴黎去，布里古，去！”

她推了工匠的肩膀，用一种帝王的命令的姿势推着他走。

“我成了，我的布里古；我有钱，瞧！”她叫他回来，嚷着说。

她解开了结系胸前两件短衣的线，取出了包裹四十二张钞票的纸包，对他说：

“你要多少钱就拿着去吧！请巴黎最好的医生来。”

“请您留下吧，”佛拉比尔说，“他这时候换不了一张票；我有现钱，邮车快要从这里经过，他可以找到一个位子；但是，他不是先请教马尔登纳大夫，请他给我们介绍一位巴黎的医生更好吗？邮车一个钟头之后才来，我们还有时间哩。”

布里古叫醒了马尔登纳。他领着这位颇为惊讶洛兰小姐怎么会跑到佛拉比尔家中的医生。布里古给他解释刚在罗格郎姐弟家里所演出的一幕戏。一位情人在失望时所发出的冗长的叙述使医生明白这幕家庭的悲剧，虽然他并没有猜测这幕悲剧的可怕和他的范围。马尔登纳给布里古开了名医毕安仓·霍拉斯的地址；听见邮车的声响，布里古就和他的主人一同走了。马尔登纳先生坐着，他先诊视垂在床外的手部的血斑和伤痕。

“这些伤痕绝不是她自己碰伤的！”他说。

“绝不是，我不幸把这女孩子付托给她，就是这位可怕的老小姐惨杀了这女孩子。”祖母说，“我可怜的毕爱丽黛嚷着：‘救命啊！我死啦！’她的声音简直可以裂破一个刽子手的心脏。”

“但是为些什么事呢？”医生一边说着，一边按着毕爱丽黛的脉管。“她病得很重。”他一边接着说，一边把一盏灯移近睡床。“啊！我们可不容易救活她。”看了她的脸色之后，他就这样的说。“她应当是病得很重，我不懂得人家怎么会不照顾她。”

“我的意思是，”祖母说，“是到法院去控告去。那两个给我写了一封信，说家里富有一万二千佛郎息金，硬把我的小孙女要了去的人，他们有权利让我的孙女当厨房，做些她的气力所不能做的粗事吗？”

“他们难道不愿意看见这些年青的少女所常有的需要细心看顾

的病症吗？这并且是容易看出的病症。”马尔登纳先生嚷着说。

佛拉比尔夫人拿来照视她的脸孔的灯光和斗争的反应所给她头上产生的可怕的苦楚使毕爱丽黛醒来。

“啊！马尔登纳先生，我病得很重。”她用那婉转的声音说。

“您觉得什么地方痛，我的小朋友？”医生说。

“那个地方。”她指着头顶左耳的上边说。

“那里有脓疡！”医生长时间的诊察毕爱丽黛的头部，询问她的病痛之后，叫了起来说。“孩子，您得把一切的事情都告诉我们，让我们能够医治您。您的手为什么变成这个样子？您不能够自己弄到这样的伤痕。”

毕爱丽黛天真的述说她和表姐雪丽薇争斗的经过。

“让她说吧，”医生对祖母说，“您得知道一切的事。我等着巴黎的医生来，我们可以联合救济医院的外科主任医生来诊察：我觉得这病很严重。我就给您送一剂安神的药品来，您可以给小姐吃，让她睡觉：她需要安息。”

老布列颠妇人一个人留着看护她的孙女，她对孙女颂扬着她的威望，告诉她说自己有相当的钱财，够得他们三个人的开销，答应她可以让布里古跟她们生活在一起。可怜的孩子忏悔她的受难，她不知道要发生什么法律纠纷。这两位无情而不知道什么是家庭的物类的怪诞使老妇人发现了许多苦痛的世界，这世界和她的思想的距离，正如初到美洲草野的旅人和该地的野蛮民族的风尚的隔阂一样。祖母的来临，确信将来能够和祖母生活在一起，能够富裕的生活，这些观念之使毕爱丽黛的精神安息，正如安神药品之使她的肉体休静一样。老妇人看守着孙女，吻着她的额头、她的头发和她的手，正如诸位信女安葬耶稣时所给耶稣的接吻一般。

早晨九点钟之后，马尔登纳先生就到院长家里去，告诉他当夜雪丽薇和毕爱丽黛所演的一幕戏，又说到罗格郎姐弟对于他们的被后见人所加的一切的虐待、精神上和肉体上的苦楚，和这种虐待的结果所生的两个致命的病症。院长派人去寻找奥夫莱法律公证人、毕爱丽黛的一位母系的亲戚。

这时刻，维纳派和迪芬派的斗争正到达了最高潮。罗格郎姐弟和他们的同党在普鲁凡所散布的那些关于罗甘夫人和银行家迪叶的结合、关于迪芬夫人的父亲（他们说他是一个骗子）的破产的谣言实在是剧烈的打击着迪芬派的人物，因为这已经不是诽谤，而是咒骂了。这些疮伤一直到达心坎的深处，剧烈的打击着他们的要害。这些给罗格郎报告美丽的迪芬夫人和她的朋友们的笑话的人又同样的给迪芬派传述话语，使他们养成了仇恨之心，这仇恨之心从此又加上了政治的纠纷。那时代法兰西的政党精神所激动的强烈的愤恨（正如在普鲁凡一样），到处都是跟利益的侵占、个人的争斗相联系的。每一派的人都极力的搜寻可以伤害对方的任何的机会。正如个人的自尊心一样，党派的怨恨甚至于透进了极乎微小的事情中，然而这微小的事情却往往是越弄越大的。全城的人都在热望着某种争斗，要把他们扩张到政争的最高峰。所以，院长就看准毕爱丽黛和罗格郎姐弟的纠纷是一种可以拿来攻击、破坏、侮辱在罗格郎客厅中筹划反对帝室、创办反政府报纸的人物的工具。检察官收到了通函。勒苏尔先生、毕爱丽黛的代理保护人奥夫莱法律公证人和院长就在最大的秘密中跟马尔登纳先生研究着应行的步骤。马尔登纳先生负责请毕爱丽黛的祖母来给代理保护人控诉。代理保护人就要召集家庭会议，再以三位医生的诊断为武器先请求保护人的撤职。于是，这事情就可以闹到法院里来，勒苏尔先生也就可以想方法用训令的方式把这事情划归刑事的范围。中午的时候，普鲁凡全城的人都被罗格郎家中夜里所发生的事情激荡了。毕爱丽黛的喊救曾经很空泛的在广场上让人家听见过，但是这些声音并不继续绵延，任何人也没有起来；大家都只是互相询问：

“您听见夜里一点钟左右的声音和喊叫吗？到底是怎么回事呢？”

传说和批评就简简单单的放大了这幕可怕的惨剧，一大群的人都聚集在佛拉比尔店前，大家都询问他关于这事情的经过；勇敢的木匠给他们描写小姑娘到来时那种满拳流血、手指破裂的情景。下午一点钟左右，毕安仓医生的邮轿和后面跟着的布里古一同停在佛拉比尔的门前，佛拉比尔的女人就到救济医院去通知马尔登纳先生和外科主任。城中人众的传闻就这样的得到了一个证据。大家都责难罗格郎姐弟有意的虐待他们的表妹，把她弄到有生命之虞的地步。这消息传到了法院里的维纳耳中，他立刻离开法院到罗格郎姐弟家里来。罗格郎和他的姐姐刚吃完早饭。雪丽薇不敢对她弟弟说夜里的不幸的事故，她让人家询问而不加以回答，只是说：“这不关你的事。”她在厨房和饭厅之间走来走去，避免谈论。当维纳来的时候，她只一个人单独的留在那里。

“您不知道刚发生的事情吗？”律师说。

“不知道。”雪丽薇说。

“关于毕爱丽黛的事情，人家要跟您打官司，告您损伤身体的刑事罪。”

“刑事罪！”突如其来的罗格郎说，“为什么？怎么回事？”

“总之，”律师瞧着雪丽薇说，“请您一字不瞒的告诉我夜里所发生的事情，就像是在上帝面前说话一样，因为人家说您打断了毕爱丽黛的拳头。”

雪丽薇脸发灰白，不禁发起抖来。

“所以总有些缘故吧？”维纳说。

罗格郎小姐叙述了这幕景象，想要替自己辩护；但是，在维纳的追问之下，她承认了这可怕的争斗的严重性。

“如果您只打破了她的手指，您只须到警察局的感化院去；但是如果是断了她的手的话，您就得到重罪裁判所去；迪芬一派的人一定要用尽方法让您到这地步。”

雪丽薇吓得半死，她承认自己的嫉妒，并且更不幸的是她的狐疑完全错误。

“这官司可真不得了！”维纳说，“您和令弟都要因此而灭亡；就是打胜了官司，许多人也都要抛弃您。如果您打不胜的话，您得离开普鲁凡。”

“噢！亲爱的维纳先生，您是一个大律师，”惊惶的罗格郎说，“请您指教我们，请您救救我们吧！”

巧妙的维纳律师就给这两位傻子送来最大的恐怖，他肯定的宣称查尔慈倍夫夫人跟查尔慈倍夫小姐不愿意再到他们家里来。被这两位贵妇所摈弃，这是一个极乎可怕的判罪。最终，一小时的巧妙示威之后，他就让他们认识：要使维纳拯救罗格郎姐弟，就得让全普鲁凡人的眼睛看出为他们防卫的一个重要的力量。所以当天晚间，大家就宣告了罗格郎和查尔慈倍夫小姐的婚姻。教堂的结婚证书就要于星期日公布。婚约马上就在古尔南家里起草完毕，罗格郎小姐在考虑这个联姻的用处中也赞同愿意以生前处分的赠与方式把她自己的财产权让给她的弟弟。维纳使罗格郎和他的姐姐明白这种婚约必得说是已经在这事故之前两三天订好，因而能够让查尔慈倍夫夫人母女避免群众的批评，继续到他们家里来。

“请签这个婚约，我可以负责给你们拔除这桩事情的麻烦。”律师说，“当然这一定是一种艰苦的争斗，但是我要全力参战，而我也已经给你们尽过力。”

“啊，是的！”罗格郎说。

十一点半的时候，律师已经得到订立婚约和周旋法庭的全权。中午的时候，法院院长收到了维纳的纸状，请求急速审判布里古和洛兰寡妇自保护人家中拐走未成年的洛兰小姐的案件，他不禁愣住了。大胆的维纳就这样的站在挑战者的立场，把罗格郎安放在无罪的地位中。他在法院里就是用这种腔调来说话的。院长规定下午四点钟审问各造。我们也用不着来说明普鲁凡的人众是如何的受到这些事态的奋激。院长知道三位医生的诊察下午三点钟可以完毕；他希望那位替老祖母辩护的代理保护人能够带这张诊断书当武器来出庭。罗格郎和查尔慈倍夫·巴娣尔黛小姐的婚姻的宣告跟雪丽薇在这婚约之中所有的让步忽然使两个人憎恨：夏倍尔小姐和上校；因为这把他们的希望消灭了。夏倍尔·西勒斯黛和上校都还特别亲密的跟罗格郎来往，然而目的却是要更加准确的毁坏他们。所以，当马尔登纳先生宣布两位杂货商人的可怜的牺牲品头上有脓疡之后，西勒斯黛和上校就说到晚上雪丽薇强制毕爱丽黛离开客厅时毕爱丽黛自己所受的伤，说到罗格郎小姐的残暴而野蛮的喊叫。他们叙述着这位老小姐对于她那病痛的被后见人所加的无情。所以，家里的朋友们都是在表面替雪丽薇姐弟的辩护中来钦仰他们的大错。维纳预先看到这风波：但是罗格郎姐弟的财富就要立刻归于查尔慈倍夫小姐，他也自许能够在几星期之内看着她住在这广场上的大厦之中，跟她一同的统治普鲁凡，因为他已经想到要以他的野心为契机来跟布拉奥泰家合流。自中午到四点钟之间，迪芬派的一切女人，迦尔锡兰夫妇、格宾夫妇、儒里亚尔夫妇、迦拉尔顿、桂纳、县长夫人都派人去打听洛兰小姐的消息。毕爱丽黛一点儿也不知道城里人因为她而生的骚动。在她的剧痛中，她极力的感觉着一种不可磨灭的快乐，因为她能够生活在她的感情对象，祖母和布里古的旁边。布里古老是眼中流泪，祖母则阿谀她的亲爱的孙女。上帝知道老祖母到底是否赦免三位医生没有叙述她从毕爱丽黛口中所听到的那些关于罗格郎姐弟的虐待的情形。毕安仓·霍拉斯用激烈的言辞表达他的愤怒。他愤慨这种野蛮的动作，他坚持认为应当请求本城的其他医生前来诊视，特别请罗格郎姐弟的朋友纳路先生来，让他来批驳诊断书（如果有这必要的话），不幸得很，这诊断书却全体一致的通过了。纳路已经犯有使毕爱丽黛外祖母忧愁病逝的罪名，他的地位是很危险的，刚刚好可以让狡猾的马尔登纳来利用，马尔登纳颇为欣喜能够压倒罗格郎姐弟，以此而损害他的反对派纳路先生。这诊断书也是法院所引用的一张文据，我们也用不着来抄录他的内容。如果莫利哀的医学名词不大清楚的话，近代的医学对于这一方面都是进步的、明晰的，所以关于毕爱丽黛的病症的解释虽然是自然而共和的，却是骇人听闻的。

这张诊断书并且是切实的，是毕安仓·霍拉斯这么著名的医生所签字的。审查文据之后，院长还留在他的座上，他看见毕爱丽黛的祖母，跟着有奥夫莱先生、布里古，还有一大群的人众。维纳只有一个人。这对照反映出庭审的情形，一大群好奇的人都加入了旁听的席上。还穿着律师法衣的维纳脸孔冰冷的朝着院长，绿眼睛上架着他的眼镜；然后，他就用他那尖锐而健讼的音调说着外来的生人是如何的在夜里偷进罗格郎先生和罗格郎小姐的家，并从那里架走了未成年的洛兰小姐。保护人应当有权力，他追索他的被后见人。奥夫莱先生以代理保护人的资格起立，请求发言权。

“如果院长先生，”他说，“如果院长要看一看巴黎的一位最有学识的医生和普鲁凡所有的内外科医生所发的诊断书的话，他就可以懂得罗格郎先生的追索是如何的无稽，未成年的小姐的祖母是用哪一种严厉的动机立刻从她的刽子手里夺回这位小姐的。事实是这样：一位从巴黎立刻请来的著名的医生和本城的一切的医生全体一致商议的诊断书认为，这位深受罗格郎先生和罗格郎小姐的虐待的未成年的小姑娘已经是在致命的状况之下。根据法律，我们将于最短时期之内召集家庭会议，研讨到底是否要废除她的旧保护人的资格。我们请求这位未成年的小姑娘不必回到她的保护人家里去，把她交给院长先生所指定的家属。”

维纳要答辩，他说这张诊断书必须拿给他看，因而能够回驳。

“不能够拿给维纳先生看，”院长严厉的说，“但是也许可以拿给检察官看。案件已经知道清楚了。”院长在诉状后面写了下面的一段批语：

案据本市全体医士及巴黎大学医学院医学博士毕安仓医生之共同诊断书，保护人罗格郎所追索之洛兰小姐确以保护人姐弟二人之虐待及其强迫之苦工而身生重病，该未成年被后见人于代理保护人所宣称之家庭会议召集前不得重入现任保护人户籍，而须转籍代理保护人户内；再据诸位医士之诊断书，该未成年被后见人确以遭遇凶殴身受重伤，着令普鲁凡救济医院内科主任并外科主任前往治疗；如虐待乃系恒常者，本院长则当保留一切刑事之措置，而不顾代理保护人奥夫莱所提之民事处分。此批。

这段可怕的批语是由迪芬院长用高慷而易解的声音念出来的。

“为什么不马上就判漕刑?”维纳说。“并且这样的声调只是为着一位和小木匠私通的女孩子而发出来的！如果事情是这么办的话，”他傲慢的说，“我们就要以合法的避嫌请求改派审判官。”

维纳离开了法院，到他那一派的主要机关去解释罗格郎的地位，他说罗格郎并没有给他的表妹加以一弹指的伤打，认为法院在罗格郎身上所看到的多半是普鲁凡的选举，小部分才是毕爱丽黛的问题。

根据他的话，迪芬派就是小题大作了。一只小老鼠分娩一座大山岳。雪丽薇是位十分聪明和敬虔的女人，她发现弟弟的被后见人和一位名叫布里古的小木匠私通。这个坏蛋知道清楚这位小姑娘将要得到她的祖母的一笔财产，他要引诱她。（维纳居然敢说“引诱”！）手中握有泄露小姑娘的邪恶的信件的罗格郎小姐就并没有迪芬派所要使人相信的那样的值得斥责。她是因为要夺取一封信而行强的（他甚至于解释说：布列颠的拗执的性格使雪丽薇动怒来夺取这封信），为什么人家要责骂罗格郎呢？

于是，律师就把这场官司变成党派的问题，他知道给他加上政治的色彩。所以，自从这一晚之后，也就众说纷纭了。

“谁没有听见过一只钟只有一个声音。”聪明的人们这样说，“你们听见维纳说话吗？维纳解释得很对。”

大家认为佛拉比尔家并不是毕爱丽黛所能居留的，因为吵闹的声音可以使病人头痛。所以，移居到代理保护人家里的举动不但有法律手续上的必要，就是在医道方面也是急切的。这移居是在极端细密的准备下进行的，因为要他产生一个大效果。人家把毕爱丽黛安放在一张铺有厚褥的舁（yú）床上，两个男人抬着床，后面有一位一边手拿一只以太瓶的灰衣女修士跟着走，女修士之后则有祖母、布里古、奥夫莱夫人和她的女仆。窗口和门前堆满了许许多多的人，大家都在参观这仪仗的经过。当然，毕爱丽黛的病状，她那死人一般的苍白的颜色，这一切都给反对罗格郎一派的人增加了许多的力量。奥夫莱夫妇要给全城的人证明院长的批语如何的合理。毕爱丽黛和她的祖母就住在奥夫莱家的第三层楼。法律公证人夫妇是以最大的耗费来招待她们的，他们大为排场。毕爱丽黛有她的祖母当看护，那天晚上，马尔登纳先生就同外科医生一块儿来看她。

自从这一晚上之后，各地方都开始放大其词的传说着。罗格郎姐弟的客厅里满堆着客人。维纳已经为这问题发动了自由党。查尔慈倍夫母女二人在罗格郎家中进膳，因为晚上得在那里签订婚约。早上维纳已经派人到城里去张贴布告。他把毕爱丽黛的事情当作无关重要的小事来看待。他说，如果普鲁凡的法庭特别注重这官司的话，王家法院总会了解事实的经过，奥夫莱夫妇在打这官司之前也得再三考虑。罗格郎和查尔慈倍夫家的联姻在某一部分人眼中确有极大的影响。在他们看来，罗格郎姐弟是雪一般的洁白，毕爱丽黛则是非常邪恶的小姑娘、在他们怀中重新活跃的蛇类。在迪芬夫人的客厅里，人家都在报复着两年来维纳派给他们所加的可恨的咒骂：罗格郎姐弟是怪物，他们要到重罪裁判所去。在广场上，毕爱丽黛是健康的；在高城里，她是确实死去了的；在罗格郎家里，她是拳头受搔伤的；在迪芬夫人家里，她是破了手指的，人家要砍断她的一只手指。第二天，《普鲁凡新闻》登了一篇非常巧妙的文章，非常婉转而渗有法律考究的杰作；在这篇文章里，罗格郎已经没有什么责任了。两天之后才刊行的《蜂筒报》不能够不冒着大不韪而加以回答：他只回答说，这一类的事情最好是让法庭来解决。

家庭会议是由普鲁凡省的仲裁审判员组织的，他是会议的合法议长：议员之中第一是罗格郎和两位奥夫莱先生，最近的亲属；其次是施浦莱先生，毕爱丽黛的外祖母的外甥。另外还有毕爱丽黛的忏悔师夏倍尔先生和古罗上校，因为上校常常自认为是洛兰少校的朋友。人家颇为称许仲裁审判员的大公无私，因为他把全普鲁凡人共认为是罗格郎好友的夏倍尔先生跟古罗上校都请来参加家庭会议。罗格郎所处的地位是恶劣的，他要求维纳律师列席。由于这个举动（这当然是维纳的指使），罗格郎居然能够得到家庭会议延期于十二月底举行的结果。那时候，院长先生和院长夫人都要因为国会的召集，到巴黎的罗甘夫人家里去居住。内阁派于是就没有了他们的领袖。维纳已经暗中会通了好好先生德斯方特里伊（刑事审判员），如果事情要依照院长的企图转为刑事的性质的话。维纳在家庭会议之前辩护了三个钟头：他说到布里古和毕爱丽黛的私通，因而去辩解罗格郎小姐的严厉的合法；他指出保护人是如何自然的让一位女人来管束他的被后见人；他的立足点是：他的主顾并没有参预雪丽薇所加在毕爱丽黛身上的教育方式。不论维纳如何的强辩，家庭会议还是全体通过取消罗格郎的保护人资格。大家推举奥夫莱先生为保护人，施浦莱先生为代理保护人。家庭会议又听取女仆阿娣尔的意见，她攻击她的旧主人和旧主妇；又听取夏倍尔小姐的叙述，她说到全体都听见的毕爱丽黛自己受伤时罗格郎小姐所发的残暴的骂声，又说到查尔慈倍夫夫人对于毕爱丽黛的健康所加的观察。布里古拿出他所收到的毕爱丽黛的信，证明他们之间的纯洁的关系。他指明说未成年被后见人所有的可怜的境况都是保护人不加看顾的结果，被后见人的一切都是保护人的责任。毕爱丽黛的病是一切的人所知道的，甚至于城里和家中毫无关系的人都知道。所以，大家就控告罗格郎虐待。事情要变成公开的。

在维纳的指使之下，罗格郎表示不服法院所规定的家庭会议的议案。因为洛兰·毕爱丽黛病势沉重，检察官也就出来干涉了。这个怪案的决判虽然是立刻成立的，然而却一直等到一八二八年三月才成为有效。

那时候，人家正在庆祝罗格郎和查尔慈倍夫小姐的结婚。雪丽薇住在第三层楼上，大家在那里排布清楚，让她安居，查尔慈倍夫夫人也住在这一楼上，因为第二层楼整个的留给罗格郎夫人。从此之后，美丽的罗格郎夫人就取了迪芬夫人的地位。这结婚的影响非常之大。人家不再到雪丽薇小姐的客厅，而到美丽的罗格郎夫人的房里来。

在岳母和迪叶儒僧庄两位保王党银行家的支援之下，迪芬院长得着机会到司法部去工作。他是中央派一个最出色的演说家，当了赛纳的初审法庭的审判官。他又使他的外甥勒苏尔当了普鲁凡法院的院长。这个任命使德斯方特里伊审判员大为寒心，他永远是考古家而比任何时候都更显得是候补审判员。司法大臣派了他的一位羽翼来代替勒苏尔。所以迪芬的高升在普鲁凡的法院里并没有任何的影响。维纳非常巧妙的利用这环境。他总是对普鲁凡的人众说，他们是当了狡猾的迪芬夫人的高升的阶梯。院长是给他的朋友们开玩笑的。迪芬夫人心里头是轻蔑普鲁凡的，她永远不会再回来。老迪芬先生死了，他的儿子承继了费伊的地产，把他在高城的那所房子卖给儒里亚尔先生。这卖房一事证明他如何的没有重回普鲁凡的打算。维纳说得对。维纳是一位先知。这些事情对于有关罗格郎保护人资格的一场官司有极大的影响。

所以，这两位愚笨的暴君所加在毕爱丽黛身上的残暴的虐待，这产生了使马尔登纳先生经过毕安仓的同意而决定锯骨的医学结果的虐待，这可怕的惨剧却在官司方面陷进了乌烟瘴气的境地里，就是法院里所谓的“形式”。这官司堕入了法律手续的延搁和不可清理的乱网中，被可恨的律师的暧昧的语言所停顿了。然而，被毁谤的毕爱丽黛却渐渐的萎弱，辗转于医学界所认识的最难堪的苦痛之中。没有回来重述她的病房状况之前，我们不是应当先来解释这些简单舆论的改变和法律手续的迟慢吗？

马尔登纳先生和奥夫莱一家不久就被毕爱丽黛的可敬的性格和老布列颠妇人所感动了。这位老妇人的情绪、思想和态度都带有古罗马时代的色彩。这位马勒的年老贵妇正像布鲁达尔克的妇女。医生要跟死神争斗，因为自从第一天起，巴黎的医生和外省的医生都已经承认毕爱丽黛难于救治。医生是由毕爱丽黛的青春来支持的；在医生和罪恶之间有一种只有医生们才认得出来的奋斗，这争斗的成功不能够从市价或病人身上得到赏赐，他有一种良心上的甘美的满足，他有一种艺术家自信产生杰作时所有的那种理想而不可征服的胜利的满足。医生之致力于“善”，正如艺术家之致力于“美”，他被我们所谓的一种美德的可贵的情绪所激动。这每日的争斗使这位外省的人物消灭了维纳派和迪芬派的斗争而生的卑劣的愤恨，正如那些头对头互相研究征服大困难的人们一样。

马尔登纳先生最初是想在巴黎行医的，但是因为都城的极度的活动、病人的骇人的数目和危症的众多而给医生产生的无情，却惊吓了他那慈祥而惯于外省生活的心灵。他并且是在可爱的故乡的肩轭之下。于是，他就回到普鲁凡来，在那里结婚，在那里住家，用情的治疗有如一家人的居民的疾病。在毕爱丽黛患病的整个时间中，他总是极力想方法来避免谈论这位女病人。当每一个人问到这位可怜小姑娘的消息时，他总是拒绝加以回答，这拒绝是极明显的，结果大家也都不再问他这问题了。在他看来，毕爱丽黛正是她所应当变成的那个样子，她是一首满充着苦痛情调的神秘的深刻的诗歌，正如他在医生的存在中所找到的一样。他对于这位脆弱的少女有一种秘密的崇拜，是他不愿意加在任何其他的人身上的。

医生对于女病人所生的情感，正如其他一切的情感一样，就传染到奥夫莱先生和奥夫莱夫人身上来。毕爱丽黛住在他们家里的时期，这家里的空气都是温和的、清静的。前时跟毕爱丽黛玩得非常有趣的孩子们，大家都用儿童的韵致互相商议不要吵闹、不要啰唆。他们都认为清静是光荣，因为毕爱丽黛病了。奥夫莱先生的住宅坐落在高城旧宫的废墟底下，建筑在旧堡垒的崩毁所变来的一块空地的旁边。住民可以从那里一边在一个大墙围绕的果园里散步，一边观看溪谷，再从溪谷俯视全城。其他房屋的瓦顶正好接着果园围墙的外面的墙饰。沿着这块土台有一条小径，一直通到奥夫莱先生的书房的那扇开至地面的窗口。在小径的末端栽有一丛葡萄树和一棵无花果，下面是一张圆桌、一张凳子和一些漆成绿色的椅子。毕爱丽黛的房子就是她的新保护人的书房的上头的一间。洛兰夫人就睡在她的孙女旁边的一张行军床上。毕爱丽黛可以从她的窗口看到伟大的普鲁凡溪谷，这是她好不容易才认识的；她在罗格郎的监狱里很少出门！天气好的时候，她喜欢挽着祖母的手臂一直散步到这丛葡萄树旁边来。什么也不再干的布里古每天三次来瞧他的小女朋友，他被一道使他沉静的悲哀所侵蚀了；他用猎狗一样的精细来窥伺马尔登纳先生，他老是跟着他，和他一块儿出去。您很难想象每一个人都是如何的发疯于这位可爱的小女病人。沉醉于苦楚之中，祖母隐蔽着她的忧愁，她给她的孙女呈露出她在朋脑埃尔时所有的脸孔。在她有意的自寻幻觉中，她给毕爱丽黛装束，给她戴上初来普鲁凡时所戴的帽子。这么一来，这位年青的姑娘在她看来就更像她的本来面目了：显得非常的好看，脸上围绕着带有花边的细麻的圆顶。和饼干一样白皙的头部，带有苦痛所生的深思印象的面额，疾病所印的衰瘦的脸纹的贞洁，眼神的迟钝，不时不时的目光的呆定，这一切的一切都使毕爱丽黛变成一个伟大的悲哀的塑像。所以，人家是用一种过度的信仰来看顾这位女孩子的。人家看她是这样的甘美、这样的温柔、这样的可爱！马尔登纳夫人把她的钢琴送到她的妹妹奥夫莱夫人家里来，想要借此来消遣毕爱丽黛，因为音乐使她心醉。看她一面在静仰双眸倾听一曲魏伯尔、一曲贝多芬，或是一曲赫罗特，一面在惋惜生命的虚度，这简直就是一首诗。柏鲁教士和夏倍尔先生是她的两个宗教安慰者，他们都钦佩她的敬虔的忍耐。死神在群众之中特别给年青男女涂上红色而表现的贞洁，这正如森林中的幼树一样，难道不是哲学家和旁观者所觉得特异而尊贵的事实吗？谁看到这一种高贵的死亡，谁也不会继续或变成一个疑神论者。这一类人物所发出的是天香一般的气味，他们的眼色说出上帝，他们的声音就是在最不紧要的演说中也是流利的，并且往往跟圣神的乐器一样表露出将来的秘密！当马尔登纳先生称贺毕爱丽黛说完一句奇难的格言时，这位天使就在一切的人面前瞧了几眼，说：

“我希望活着，亲爱的马尔登纳先生，这多半不是因为我自己，而是因为我的祖母，因为布里古，因为你们这一班要悲伤我的死的人。”

十一月的一个好天气，她第一次出去散步，全家的人都陪着她，奥夫莱夫人还问她是否太累。她忽然说：

“现在我并没有其他的苦痛了，我只有上帝所赐给我的苦痛，我能够忍受。在得到人家的疼爱的幸福中，我找到了忍受苦痛的力量。”

这是她曲折的提到她在罗格郎姐弟家里所受到的可怕的暴虐的唯一的一次；她向来没有说到这问题，这些回忆是极难堪的，谁也不敢提及。

“亲爱的奥夫莱夫人，”一天中午，她在土台上眺望着闪烁在美丽的太阳所照耀的红黄色的秋光之下的溪谷，她就这样的说，“在您家里瞑目，这给我的幸福要比三年来我所有的幸福还要大。”

奥夫莱夫人瞧了瞧她的姐姐马尔登纳夫人，朝着她的耳朵对她说：

“她简直是情海的过来人！”

事实上，毕爱丽黛的音调和她的目光是给她的话语加上一个难以形容的价值。

马尔登纳先生给毕安仓医生写信，他不敢没有得到毕安仓的许诺而尝试一种危险的治疗。最初他希望使毕爱丽黛有正常的月信，然后再使头部的脓疡从耳朵里引导流出。毕爱丽黛越苦痛，他就有越多的希望。关于第一点，他居然得到相当的成功，并且已经是一个极大的胜利。毕爱丽黛的胃口居然恢复了几天，她居然能够吃一些一向她的病症不让她吃的硬性的饭菜；她的脸色改变了，但是头部的病状却是可怕的。所以马尔登纳医生就请他的顾问大医生来。毕安仓来了，他在普鲁凡住了两天，决定施行手术；他帮助可怜的马尔登纳的一切的勤劳，亲身去请著名的德斯布兰。所以这手术是由古今一人的最伟大的外科医生来动手的；但是这位可怕的预言家，当他跟他最得意的门生毕安仓一同走出的时候，却对马尔登纳说：

“您只能够用神迹来救治她。正如霍拉斯所告诉您的一样，骨疽已经开始了。在她这样的年纪，骨头还是很软弱的！”

手术是于一八二八年三月初举行的。这整整一个月之中，被毕爱丽黛的极度的苦楚所惊吓的马尔登纳先生跑了好几趟巴黎；他到那里去请教德斯布兰和毕安仓，甚至于给他们建议举行一种类似夹碎胱石术的手术，在头里放上一个空心器，帮助灌进一种强烈的药剂，去阻止骨疽的发展。大胆的德斯布兰却不敢进行这种外科的治疗，这是马尔登纳失望时所想象的医病方法。所以，当这位医生最后一次从巴黎回来的时候，他只给朋友们呈露出忧愁的神色。他终于在一个悲痛的晚上对奥夫莱家里人、洛兰夫人、忏悔师和布里古等等宣称说：“科学已经不能够救治毕爱丽黛，她的拯救已经是操在上帝一个人的手中了。”全场的人大为惊惧。祖母许了一个愿，请求本堂教士每日早晨在毕爱丽黛没有起来之前念一回弥撒，她和布里古都要参加这祈祷。

官司进行着。罗格郎的牺牲品垂死的时候，维纳正在法庭上诽谤她。法院认可家庭会议的决定，律师却立刻提出上诉。新的

布里古整夜的刨削着。老实的佛拉比尔抽着烟，瞧着他工作。

检察官写了一张公诉状，决定了预审。罗格郎和他的姐姐不得不请人作保免得送进监牢。预审必须问话毕爱丽黛。当德斯方特里伊先生到奥夫莱家里来的时候，毕爱丽黛已经入了弥留状态了，忏悔师就在她的床头，预备给她举行临终弥撒。就在这个时刻，她甚至于还请求全家的人赦免她的表哥和她的表姐，正如她自己赦免他们一样。她用可敬的态度说："这一类的事情，只有上帝一个人可以判断。"

"祖母，"她说，"请您把您的一切财产都留给布里古。"（布里古听了不觉满面流泪）"再，"毕爱丽黛继续着说，"再给阿娣尔一千佛郎，她曾偷偷的用汤婆子给我烘被。如果她不是离开表姐表哥的家，我还不至于活不了……"

这小天使就在灿烂的复活节星期二早晨三点钟的时候结束了她的苦痛。勇敢的祖母要跟牧师们一同于夜里看守尸体，她用粗硬的老手给她缝在殓尸布里。傍晚的时分，布里古离开奥夫莱家，下山到佛拉比尔店里来。

"可怜的孩子，我用不着来问你消息。"木匠问他。

"佛拉比尔伯伯，是的，她算完了，但是我却还没有完。"

工人用忧郁而伶俐的目光瞧了瞧店里的一切木料。

"我懂得你，布里古。"老实的佛拉比尔说，"瞧，这是你所需要的。"

他就指给布里古看一些两寸厚的橡树木板。

"不必帮助我，佛拉比尔先生，"布列颠人说，"我要一个人做。"

布里古整夜的刨削着，修饰毕爱丽黛的棺材。好几次了，他一推动他的刨削器，就削起了一块被眼泪所潮湿的木片。老实的佛拉比尔抽着烟，瞧着他工作。当他的工头钉好这四块木板的时候，他只对他说这两句话：

“你得偷偷的做棺材盖：因为这么一来，她的可怜的亲人就听不见钉馆材的声音……”

天亮的时刻，布里古出去寻找给这棺材装椁的必要的铅板。非常的巧，这铅板的价钱正好和当年他赠给毕爱丽黛从南特到普鲁凡去的车资的数目相等。忍痛给幼年女伴制棺，用一切的回忆来包裹这几块木板的布列颠勇士就不能够完成这工程了：他昏晕了，不能够拿这些铅板来；铅工跟着他，答应跟他一块儿去，入殓的时候替他焊接第四块铅板。布列颠工人烧毁了他的刨削器和其他的一切器具。他跟佛拉比尔算了账，告别了。这位可怜的孩子所有的英勇的举动，正如祖母一样，都是要给毕爱丽黛贡献上最后的效劳，这使他参加了揭举罗格郎姐弟的暴虐的难得的幕景。

布里古和铅工相当准时的到奥夫莱先生家里来，用他们的粗暴的力量去解决一个可怕而污秽的法律问题。满堆着人众的停尸室，给这两位工人呈露出一个奇异的幕景。罗格郎姐弟丑陋的站在牺牲者的尸体旁边，好像要在死后再给她苦头吃似的。这可怜的孩子的美丽的尸体就躺卧在祖母的行军床上。毕爱丽黛闭着双眸、蒙着头发，她的身体缝在一块大棉布的被单里。

老洛兰夫人就在这床前，头发蓬乱、两手垂直、脸色发火的跪在地上，嚷着：

“不，不，这简直是不可能的！”

床脚上是保护人奥夫莱先生、柏鲁教士和夏倍尔先生。蜡烛还在点着。

祖母前面是救济医院的外科医士和纳路先生，后面是狠恶而温和的维纳。另外有一位执达吏。救济医院的外科医士穿着一件解剖衣，他的一位助手给他打开了他的医具箱，给他递过了一把解剖刀。

布里古和铅工放下棺材；这声音惊破了这个幕景，因为走在前面的布里古看见哭泣的祖母的悲痛不禁大为感动了。

“怎么回事?”布里古问着，站在祖母的身边，痉挛的握着一把他所带来的凿子。

“是，”老妇人说，“是，布里古，是这些人要跟生前一样的在她死后来剖开我孙女的身体，破裂她的脑袋，割开她的心脏。”

“谁?”布里古大喝一声，他的音调可以震破法院人员的耳鼓。

“罗格郎姐弟。”

“誓杀此仇!”

“慢点，布里古……”奥夫莱先生看见这位布列颠人举起凿子，就这样的说。

“奥夫莱先生，”和死去的女郎一样苍白的布里古说，“我听您的话，因为您是奥夫莱先生；但是这会儿我却不听……”

“不听法律吗?”奥夫莱说。

“世界上还有法律吗?”布列颠人大声疾呼。“法律，这就是法律!”他说着，用在阳光之下闪灼的凿子威吓律师、外科医生和执达吏。

“朋友，”教士说，“法律手续是罗格郎先生的律师所请求的，罗格郎先生被人严重的控告，我们不能够拒绝被告应用辩护的方法。依据罗格郎先生的律师的说法，如果这位可怜的孩子是因为头部的积脓而死的话，她的旧保护人就没有什么可忧虑的，因为这证明毕爱丽黛好久以来早就隐瞒着她自己所受的伤……”

“够了!”布里古说。

“我的主雇……”维纳说。

“你的主雇，”布列颠人叫了起来，“他要到地狱去，我也要到断头台去；因为，如果你们之中任何一个人要故意触动你的主雇所杀死的女孩子的话，如果医生不把医具收起的话，我就干干脆脆的杀死他。”

“造反了，”维纳说，“我们告诉审判官去。”

五位客人就退了出去。

“噢，我的孩子，”老妇人站了起来，跳上抱着布里古的颈项说，“咱们赶快下葬吧，他们还要来哩！”

“封上了铅板，”铅工说，“他们也许就不敢再捣乱了。”

奥夫莱先生跑到他的妹夫勒苏尔先生家里去想方法来疏通这桩事。维纳并不希望其他的。毕爱丽黛一死，这个尚未判决的关于保护权的官司也就消除了，任何人也不会再利用他来赞同或是反对罗格郎姐弟：问题是永远不能解决的。所以，狡猾的维纳早就看到他的讼状所能产生的结果。

中午时分，德斯方特里伊先生依照关于罗格郎案件的训令给法院呈上报告书，法院也就发表了极具理由的“无从追究”的判决。

罗格郎不敢参加全城人士都出席的下葬典礼。维纳本来想要拉他去，但是前时的杂货商人却只怕激起公愤。

看见填满毕爱丽黛的墓穴之后，布里古离开了普鲁凡，徒步到巴黎去。他给公主上了一张禀，请求以父亲的功劳准他加入王家禁卫军，不久他也就得到许可了。阿尔及尔战役的时候，他又上禀公主准其投军。他是外委，布尔曼元帅派他当军队里的少校。陆军少校的儿子是以情愿战死的军人的态度来作战的。一直到现在为止，死神都在敬重布里古·约克。他在近年的一切战役中都是很出色的，然而却没有受过任何的疮伤。现今他是军队里的联队长。任何的军官都没有他那样的沉默，都不比他强。公余的时候，他差不多跟哑巴一样，一个人孤独的散步、呆呆的注视。每一个人都能够猜想、都能够敬重他的隐痛。他有四万六千佛郎，是老洛兰夫人一八二九年在巴黎死去的时候所给他的遗赠。

一八三〇年的选举，维纳当了议员，他给新政府的效劳使他得到了高等检察官的地位。现在他的影响很大，可以使他永远当议员。罗格郎就在维纳的任地当了税务总局长；非常的凑巧，迪芬先生也就在这里当王家法院的正院长，因为这位有裁判权的人物已经毫不犹豫的归附于七月的王朝。前时美丽的迪芬夫人和美丽的罗格郎夫人非常要好的生活在一起。维纳也跟迪芬院长最有交情。

至于傻子罗格郎呢，他却说了这样的话：

“在他能够造成贵族的时候，路易—菲力才是真正的国王！”

这句话显然不是他自己想出来的。他那老态龙钟的健康，使罗格郎夫人希望在不久之内能够嫁给法兰西世卿马特里物侯爵将军；将军管治全省，给她不少的看顾。维纳总是要求斩首的罪刑，他从来不相信有无罪的被告。这天生的高等检察官却变成了政府里最可爱的一个人。他在巴黎和议院两方面都有同样的成功；在朝廷里，他是一个愉快的侍臣。

在维纳的许诺之下，我们的光荣的军队之中的那个高贵的废物古罗男爵将军就娶了郎巴尔街一位药商的二十五岁小姑娘马蹄发小姐，她有五万厄古的嫁资。正如维纳所预言的一样，他管治了巴黎附近的一省，他因为参加了柏刮埃·卡斯美尔内阁下的暴动而被封为法兰西的世卿。古罗男爵是那些高兴践踏使他们受了十五年的苦的平民而攻克圣梅利教堂的将军们之中的一个。他的忠心是用光荣勋级会的大绶来补偿的。

任何参与屠杀毕爱丽黛的人都没有任何的悔疚。德斯方特里伊先生永远是考古学家；但是在竞选之中，维纳高等检察官却想方法使他当了法院院长。雪丽薇有个小小的宫廷，管治着她的弟弟的财产。她以高利放贷，然而每年却只花费一千二百佛郎。

不时不时的，当一位普鲁凡的孩子从巴黎回来成家立业而逗留在这小广场之上，或是从罗格郎小姐家里出来的时候，一个当日的迪芬派就说：

“罗格郎姐弟曾经因为一个女被后见人而发生了一桩悲惨的事故……”

“这是党派的问题。”德斯方特里伊院长回答说，“人家要人相信许多怪事。他们好意让毕爱丽黛到家里来住，毕爱丽黛是位温和的小姑娘，只是没有钱；成熟的时候，她却跟一位木匠私通，她光着脚到窗口来跟这个孩子谈天，这孩子就是站在那个地方，你们瞧见没有？两位情人用绳子私通情书。你们知道在十月和十一月之间，差不多不必用方法使一位脸色苍白的小姑娘身体变坏的。罗格郎姐弟的作风是可佩服的，他们并没有追索着这位小姑娘的继承，他们把一切都留给小姑娘的祖母。朋友们，这桩事情的教训就是：魔鬼往往因为我们的善举而刑罚我们。”

“啊！哪里是这样的？佛拉比尔伯伯所告诉我们的完全跟这相反。”

“佛拉比尔伯伯所请教的是被骗的人，不是他的记忆。”罗格郎小姐客厅的一位熟客就这样的说。

“但是老夏倍尔先生……”

“噢！这家伙，你们知道他的事情吗？”

“不知道。”

“我告诉你们吧，他要把妹妹嫁给罗格郎先生，我们的税务总局长。”

只有两个人每天都记着毕爱丽黛，只有他们清楚知道可怕的真相，那就是马尔登纳医生和布里古少校。

为着比较起见，我们只须记得：在中世纪的罗马城，有一位名叫桑西・柏阿特里克斯的高贵的少女，她也是被杀害毕爱丽黛的理由和阴计而受到苦刑的。桑西・柏阿特里克斯一共只有一个人卫护她，一位画师。今日，因为莲民・居杜的描述，历史和活着的人们都对教皇加以责难，而认柏阿特里克斯是一位被恶人乱党的情绪所杀害的最动人的牺牲品。

我们大家无妨同意这句话：如果上帝不存在的话，法律一定要变成社会的欺骗利器。

一八三九年十一月